나의 조국 대한민국

나의 조국 대한민국

발행일	2021년 9월 27일

지은이	조자룡		
펴낸이	손형국		
펴낸곳	(주)북랩		
편집인	선일영	편집	정두철, 배진용, 김현아, 박준, 장하영
디자인	이현수, 한수희, 김윤주, 허지혜	제작	박기성, 황동현, 구성우, 권태련
마케팅	김회란, 박진관		
출판등록	2004. 12. 1(제2012-000051호)		
주소	서울특별시 금천구 가산디지털 1로 168, 우림라이온스밸리 B동 B113~114호, C동 B101호		
홈페이지	www.book.co.kr		
전화번호	(02)2026-5777	팩스	(02)2026-5747

ISBN	979-11-6539-984-9 03810 (종이책)	979-11-6539-985-6 05810 (전자책)	

(주)북랩 성공출판의 파트너

북랩 홈페이지와 패밀리 사이트에서 다양한 출판 솔루션을 만나 보세요!

홈페이지 book.co.kr • **블로그** blog.naver.com/essaybook • **출판문의** book@book.co.kr

작가 연락처 문의 ▸ ask.book.co.kr

작가 연락처는 개인정보이므로 북랩에서 알려드릴 수 없습니다.

조자룡 수필집 ⑤

나의 조국 대한민국

첫사랑 대한민국에게 보내는

달콤쌉쌀한 연서

북랩 book Lab

◊ 첫사랑

   사춘기 이전의 유아는 부모와 자신을 동일시한다고 한다. 아직 완전한 영혼의 독립을 이루지 못한 유아는 자신의 감정, 사물에서 느끼는 희로애락을 부모도 같이 느낄 것으로 생각한다. 자신이 원하는 것이 곧 부모가 원하는 것이요, 부모의 생각이 자기 생각이라고 여긴다. 그래서 어떠한 지시에도 부모 말에 절대복종한다. 부모의 의도가 곧 자신의 의사기에 복종이라기보다는 자기 생각대로 행동하는 것이다.

   세상의 이치는 물론이고 사람과 사랑도 모르던 맹아(盲兒·萌芽) 시절, 주변이 온통 유교적 관습에 사로잡혀 삼강오륜이 최고 가치로 알았던 나의 첫사랑은 대한민국이었다. 가정과 사회적 분위기도 충성과 효도가 최선의 가치였으며 '우리는 민족중흥의 역사적 사명을 띠고 이 땅에 태어났다'로 시작하는 국민교육헌장을 바이

블로 여겼던 나는 대한민국의 융성이 전 국민과 인류를 초월하는 최고 덕목이었다.

빈곤한 육십년대에 태어나 모두가 어려웠지만, 그중에서도 나는 하위 일 퍼센트 극빈 가정에서 인권을 전혀 모르고 자랐다. 부모님이 모두 일하러 가면 초등학교 미만의 형제는 방치되었다. 옷도 신도 먹을 것도 없이 마당에서 뒹굴고 놀았다. 요즘 반려동물과도 비교할 수 없는 열악한 환경이었다.

사람이 중요한 존재라는 생각을 할 수 없었다. 사람의 소중함도 모르고 사랑의 개념도 없던 상태에서 학교의 가르침과 처음 접한 삼국지는 조국을 위해 헌신 봉사하는 것이 남자의 유일한 사명이요, 보람이라고 확신했다.

수십 년이 흐르고 서른 살이 넘어 자식을 낳고 나서 엄청나게 그릇된 사고의 편향 속에 살았다는 것을 알았다. 전체가 개인의 총합보다 몇 배 중요하고, 개인은 전체의 일원으로서 당연히 희생해야 한다는 건 오도(誤導)된 신념이요 히틀러의 나치즘이나 무솔리니의 파시즘, 스탈린의 공산주의와 다를 바가 없음을 알았다.

잘못된 가치관이었으나 그로 인하여 행복하였다. 대한민국 국운이 쇠퇴일로였다면 나의 생은 불행으로 점철되었을 것이다. 그러나 아주 우연히도 내가 태어난 이후 대한민국은 미증유의 발전을 거듭하였다. 그 기간에 정치적으로 억압받고 피해 본 사람이나, 발전의 혜택을 누리지 못한 소외된 사람이 있다는 걸 뒤늦게 알았으나 초중고 시절에는 알지 못하였다. 경이로운 경제 성장과 스포츠로 욱일승천하는 대한민국에 감동했을 뿐이다.

현재 대한민국은 문제점투성이다. G2 미국과 중국의 틈바구니에서 압사 직전인 경제, 백약이 무효한 북한의 도발에 따른 위기의 군사 외교, 한국 현대사에 그늘을 드리운 혐의가 있는 일본·중국·러시아·미국에 대한 국민의 혐오, 지역을 볼모로 하는 두 거대정당의 대립, 이념·지역·빈부·노사·남녀·세대 갈등과 집단 이기주의는 해결하기 힘든 난제다.

그렇다 하더라도 대한민국은 성공한 나라다. 육십년대의 가난과 칠십년대의 부자유와 팔십년대의 불평등과 구십년대의 불공정을 상당 부분 극복한 선진국이 되었다. 개선이나 변화라고 설명하기에 부족한 극적인 변신이었다. 너무 빨리 변하는 사회를 따라가기에 버겁고 피곤하며, 그 속도 이상으로 사회 제도가 개선되고 욕망이 충족되지 않아 행복을 느끼기에는 부족하나, 냉정하게 되돌아 보면 현재도 천지개벽 수준으로 변화하고 있음을 알 수 있다. 시끄 럽고 혼란스럽지만, 대한민국은 타의 추종을 불허할 정도로 발전 중이다. 첫사랑이 기대 이상으로 화려하게 비상하는데 행복하지 않을 수 있겠는가?

지난날 가치관이 정확하고 바른 판단은 아니었으나 순전한 우연 으로 나의 지난 삶은 행복하였다. 앞으로도 행복하기를 원한다. 아 직 경험하지 못한 월드컵 축구 우승을 보고 싶고, 국민소득 세계 일등이나 한글의 세계화도 보고 싶다. 내 생전이 아니라도 언젠가 이루어지기를 바란다. 그 전에 청년실업과 주택 문제가 해결되어야 한다. 당면 과제가 즐비하나 최우선으로 해결해야 할 문제는 젊은 이의 취업과 보금자리 해결이다.

인생이 무엇인가? 인간도 생명체 영역에서 벗어나지 않는다면 생 존과 번식이 가장 중요하다. 자신의 생존과 후손의 번성에서 보람 과 가치를 얻는다. 삼포(三抛)·오포(五抛)·칠포(七抛)라는 낱말이 생 긴 이유는 취업과 주택 문제가 근본 원인이다. 연애, 결혼, 출산은 비용과 보금자리가 없어 포기한다.

　국가 융성과 국민소득 증가는 좋은 일이다. 그러나 아무리 나라가 발전해도 국민 없는 나라가 무슨 소용인가? 후손 없는 자산이 무슨 의미가 있는가? 주택은 소득 수단이 되어서는 안 된다. 젊은이의 취업과 주택 마련에 대한 지나친 고통에서 빠져나올 수 있는 묘책이 하루빨리 실현되기를 기대하며, 오늘도 취업과 주택 마련에 고군분투하는 모든 젊은이에게 이 책을 바친다.

　젊은이 여러분, 포기하지 말고 희망을 품고 전진합시다. 아자아자, 아자!

2021. 10.

조 자 룡

차
례

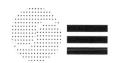

나 / 의 / 조 / 국 / 대 / 한 / 민 / 국

제1부

정치·경제

여기에는 나보다 더 코미디를 잘하는 사람이 많다.
코미디 공부 많이 하고 떠난다.

-이주일

그건 사람이 할 짓이 못되더군요.
저는 연기나 하겠습니다.

-이순재

나무위키 '정치' 관련 명언

─
문빠
─

문재인 대통령을 적극적으로 지지하는 사람에 대한 통칭, 비속어가 '문빠'다. 개혁에 비판적인 극우세력 일베의 상대어이기도 하다. 아이돌 그룹 소녀팬을 오빠 부대라고 하는데 문재인 대통령을 아이돌에 비유하여 문재인 오빠 부대의 줄임말인 듯하다.

정치인이나 가수를 좋아하고 지지할 권한은 누구에게나 있다. 문재인이나 홍준표 또는 안철수를 적극적으로 지지하거나 좋아할 수 있다. 문제는 도를 넘는 집단적 행태다. 상대 당을 넘어 당내 인사라도 대통령에 대하여 비판적 발언을 하면 당면한 주적으로 인식, 인터넷 댓글, 전화, 문자메시지로 공격한다. 불특정 다수의 공격에 견딜 사람은 없다. 악플에 자살하는 연예인도 종종 발생한다.

과거 민주당 대통령 경선 주요 대상자는 모두 이들의 피해자였다. 안철수, 안희정, 이재명, 박원순 모두 피해자다. 심지어 새누리당 후보를 진지하게 고려하던 반기문은 이들의 집중포화에 결국 출마를 포기하였다. 경선이 끝났고 지지자가 대통령이 되었지만, 아직도 일부는 앙금이 남은 듯하다. 참으로 집요한 열성적 지지요, 적극적 방어다.

문재인 대통령에 대한 지지는 개인에 국한되는 게 아니라 추진하는 정책, 선호하는 인물에까지 연장된다. 국민 칠십 퍼센트가 반대하던 조국 법무부 장관 임명에 대해서 끝까지 지지하고 방어하였고, 원자력 발전소 폐기든 비정규직의 정규직 전환이든 사회적으로 논란이 일고 신중하게 결정해야 할 국가 대사도 단순하게 무비판적으로 지지하여 일방적으로 밀어붙이는 결과를 초래한다. 처음에는 좋은 취지와 의도로 시작한 지지 모임이 어느새 사회의 초법적 권력이 되어버린 느낌이다. 워낙 확실한 사실을 바탕으로 날카롭게 비판하는 진중권 교수 외에는 문빠 공격에 살아남을 맷집을 가진 사람은 없어 보인다.

이들의 지지로 대통령이 되었지만, 현재는 지지율을 갉아먹는 요인으로 작용하고 있으며, 현 정권이 미래 잘못된 통치로 기록되는 부분이 있다면 그 원인이 문빠의 무분별한 지지가 원인일 수 있다.

이렇게 극단적인 맹목적 맹신과 맹종은 어디에서 기인했는가? 다른 몇 가지 이유도 있을 테지만 가장 큰 이유는 노무현 학습효과다. 개혁세력의 지지로 대통령이 된 노무현이지만 극단적 개혁은 할 수 없었다. 당연한 일이다. 오천만 명을 이끌어 가야 할 국가 수장이 수십 년 이어온 국가 정책이나 기조를 하루아침에 바꿀 수는 없는 일이다. 노무현 대통령은 개혁세력이 반대하던 이라크 파병이나 미국과의 FTA 체결을 단행하였다. 아마 노무현이 아니라 더 개혁적 성향인 사람이라도 어쩔 수 없었을 것이다. 그런데 노사모는 노무현을 배신자로 낙인찍고 지지를 철회하였다.

노무현 대통령의 자살은 이명박 정권의 방조 또는 묵인하에 검찰의 과잉 충성으로 발생하였겠지만, 노무현 지지세력의 지지 철회도 하나의 이유다. 만약 대통령 선거 기간이나 탄핵당할 때처럼 열정적으로 노무현을 지지하였다면 검찰이 그처럼 무자비하게 공격하지도, 정권이 무책임하게 방관하지도 못했을 것이다.

노무현 전 대통령이 영원히 떠나고 나서야 노사모는 깨달았다. 원하지 않는 결정이 몇 있었으나 아직도 인간 노무현을 사랑하고 있음을, 노무현 대통령은 자신들의 배신으로 세상을 떠났음을. 돌이킬 수 없는 비탄에 빠진 지지자들은 다시는 같은 우를 범하지 않으려 다짐한다. 그것이 파시즘을 연상하게 하는 오늘날 문빠의 실상이다.

당장은 더불어민주당이나 청와대에서 반길 수 있으나 역사는 정확하게 단죄할 것이다. 무비판적 맹목, 맹신, 맹종은 파괴적이다. 그 힘을 막아낼 건 없다. 히틀러나 스탈린이나 마오쩌둥의 사례를 보라. 건전한 비판이 살아날 때 올바른 결정이 이루어진다.

정확히 둘로 나뉘어 이전투구를 벌이는 대한민국, 둘로 나뉜 자체보다도 상대에 대한 맹목적 혐오와 지지자에 대한 무조건적 맹신이 더 큰 문제다. 빈부·종교·지역·세대·남녀·이념·시비선악에 대한 갈등은 어느 시대나 존재한다. 그 자체는 문제가 아니다. 문제는 갈등을 해결하기 위한 대책에 무비판적 지지다. 비판 없는 바른 결정은 있을 수 없다.

잘못 결정한 정책도 다수가 적극적으로 지지한다면 어떻게 잘못을 인지하겠는가? 우연한 기회에 알게 되더라도 다수가 지지하는 정책을 철회할 이유가 무엇이란 말인가? 맹목적 지지는 정부의 성찰이나 반성을 막는 장애물이다. 정권 실패의 원인으로 작용할 가능성이 크다. 문재인 대통령의 퇴임 후 문빠 존재 형식이 궁금하다.

2020. 6. 29.(월)

—
자본의 본질, 인간의 심리
—

1년 전 치료할 수 없는 바이러스가 발견되었다는 뉴스가 나왔다. 언론에서 호기심 어린 보도를 하였으나, 대부분 관심이 없었다. 바이러스는 세균과 더불어 인간에게 완전히 규명되지 않은 미지의 영역이나, 지난 과거를 돌이켜볼 때 머지않아 치료제나 예방백신을 개발할 터였다. 전 세계적으로 유행하는 게 아니고 중국 일부 지역에서 발생한 바이러스에 대부분 관심이 없었다.

중국에서 매일 사망자가 급증하고 지역봉쇄와 중국에서 오는 교통편을 차단하는 나라가 늘어나자 코로나바이러스에 관심이 늘었다. 적은 숫자지만 세계 각지에서 감염 환자가 발생하기 시작했다. 중국에 이어 한국에서 신천지교회 신도를 매개로 대규모 환자가 발생했다. 코로나 팬데믹의 본격적인 출발이었다.

코로나바이러스의 창궐이 의미하는 바를 정확히 아는 사람은 없었으나 막연한 불안감으로 주가가 하락하기 시작했다. 얼마 되지 않지만 나도 가지고 있던 주식을 처분했다. 종합주가지수는 2400에서 2200으로 급격히 조정되고 있을 때였다.

중국과 한국에서 창궐하는 코로나바이러스에 조소를 보내던 유럽 선진국에서도 관광 대국 이탈리아를 시발점으로 급속히 번지기 시작했다. 연일 톱뉴스로 코로나 확산세가 조명되고, 사람의 접촉으로 옮겨지는 코로나 방역을 위하여 지역과 국가가 봉쇄되자 경제는 마비되었다. 확진자가 발생한 공장도 생산을 멈추고 모든 소비가 위축되었다. 당연히 각 나라의 주가도 일제히 하락하였다.

인간의 활동이 위축되니 당연히 소비가 줄고, 소비가 줄어드니 생산도 줄일 수밖에 없다. 언젠가는 회복되겠으나 코로나바이러스의 확산이 멈추지 않는 한 주가의 하락 세도 지속할 터였다. 이것이 평범한 사람의 생각이다.

세상을 이해하는 것은 어렵다. 주가를 예측하는 것은 더더욱 그렇다. 전 세계적으로 코로나바이러스는 더욱 확산일로에 있었으나 한국의 주가는 서서히 반등하고 있었다. 내가 예측하는 선까지 떨어지는 일은 없었다. 한국인은 이미 두 번의 주가 폭락을 경험하였다. 1997년 IMF 때와 2008년 리먼브라더스 사태 때였다. IMF 때는 칠십 퍼센트, 2008년에는 절반의 주가가 폭락했으나 1년 후에는 구십 퍼센트를 회복하고, 2년 후에는 완전히 정상을 되찾았다. 한국인의 성격이 급해 더 떨어질 때까지 기다리지 못했는지 두 번의 학습효과 때문인지 급격한 반등도 없었으나 더 하락하지도 않았다.

문재인 정부의 첫 번째 정책은 집값 안정이었다. 젊은이의 연애와 결혼과 출산을 포기하는 가장 큰 이유가 주택 마련이라면, 반드시 해결해야 할 과제일 것이다. 십 퍼센트 가까운 주택 공실률에도 집값은 요지부동이었다. 정부가 어떤 대책을 내놓아도 기다렸다는 듯이 오히려 상승하였다. 주택안정 대책을 수립하는 정부 관계자나 집값 하락으로 내 집 마련이 꿈인 서민의 처지에서는 기가찰 노릇이었다. 누진세니 재산세니 양도세니 부동산 소유자에게 불리한 법이 계속 발의되어도 별무신통이었다. 오히려 잊고 있었다는 듯 지역을 순회해서 집값이 상승했다.

세상은 알 수 없는 요지경이다. 저명한 경제학자도 정확히 예측하지 못한다. 경기가 후퇴하고 생산과 소비가 마비되어도 주가가 오를 이유는 있고, 인구가 감소하고 주택 공실률이 증가해도 집값이 오를 이유는 있다. 인간이 사전에 알 수 없을 뿐이다.

코로나바이러스의 창궐로 모든 나라의 경제는 크게 후퇴하였다. 상승기에는 느낄 수 없어도 하락은 서민에게 치명타다. 하루 벌어 하루 먹는 사람에게 일거리가 없다는 건 곧 아사를 의미한다. 모든 나라가 돈을 풀었다. 서민의 생계유지와 최소한의 소비 유도를 위한 올바른 결정이었다. 투자할 곳이 없으니 금리는 떨어지고, 정부에서 돈을 계속 푸니 갈데없는 자본은 주가를 추켜올리고 부동산 가격을 떠받쳤다.

오늘 현재 종합주가는 2731로 사상 최고치다. 주택가격도 주택가격 상승률도 사상 최고라고 한다. 실물경제의 척도인 주가는 전 세계적인 경기 후퇴에도 모든 나라에서 급등하고 있고, 정부가 갖은 수단으로 억제하려고 하는데도 집값은 상승한다. 지나고 나서 분석하면 원인이 나타나기도 하지만 사전에 예상은 어렵고, 현재 상황에 전문가도 어리둥절하다.

자본이란 근본적으로 증식을 지향한다. 물이 높은 데서 낮은 곳으로 흐르듯 자본은 높은 이윤을 찾아 흐른다. 인간의 본성도 탐욕적이다. 다른 건 참아도 자산의 감소는 참을 수 없다. 정부에서 돈을 찍어 낸다는 것은 자기 자산 금액에는 차이가 없어도 가치는 감소한다는 의미다. 어딘가 투자해야 한다. 이론적으로는 집값이 하락하고 주가도 낮아져야 한다. 그런데 안 떨어진다. 부담스럽기는 해도 자기 자산이 감소하는 걸 눈뜨고 지켜보는 것보다는 투자라는 모험을 시도한다.

실물경제가 중요한 게 아니다. 집이 남아도는 것도 문제가 아니다. 중요한 건 사람의 심리다. 언젠가는 떨어지겠지만, 현재 오를 것으로 생각한다면 투자에 주저할 이유가 없다. 사고 나서 오르면 팔면 된다. 자신이 가지고 있을 짧은 기간 내에 붕괴라고 표현할 만한 폭락만 없으면 된다.

이것이다. 자본주의는 기본적으로 신용이다. 오를 것이라는 확신을 대중에게 심어주면 된다. 많은 사람이 믿는다면 실제와는 상관이 없다. 오를 때 사서 폭락하는 시기만 피한다면 막대한 이익이 생길 것이다. 언젠가는 폭락하거나 조정될 거라는 이론도 반드시 맞는다는 보장도 없다. 이론이 맞지 않는 경우 수정될 것이다.

투자자는 주장한다. 어쨌든 올랐지 않은가? 남 돈 벌 때 나만 손해 볼 수는 없지 않은가?

확대 지향적인 자본의 본질과 자산의 감소를 본능적으로 거부하는 인간의 심리는 경제 후퇴에도 기적을 만든다. 세월이 흘러 큰 변화나 충격이 없다면 그럴듯한 이유와 함께 새로운 경제 이론이 탄생할 것이다.

경이롭지 않은가? 생산과 소비가 감소하고 기업의 영업이익이 뒷걸음질해도 주가는 상승하고, 인구 감소에 주택보급률이 초과되고 정부의 주택가격 억제 노력에도 엄청난 에너지로 밀어 올린다는 사실이. 인류가 번성하는 한 자본은 증대하리라, 개인 자산은 증가하리라, 어떤 일이 있더라도 자본의 확장과 인간의 탐욕은 멈추지 않으리라.

2020. 12. 6.(일)

━
자본주의 시대의 비애
━

현재는 자본주의 시대다. 자본주의가 무엇인가? 모든 가치를 돈으로 환산할 수 있다는 사상이다. 사물의 척도가 자본이므로 당연히 가장 중요한 건 돈이다. 돈이 어떤 사상이나 사물보다 우위에 선다.

전통적인 국력은 영토의 넓이나 국민의 수에 의하여 결정되었다. 자본주의 시대의 국력은 곧 경제력이다. 중국이나 인도가 영토나 국민 규모에 의하여 강대국으로 불릴 수는 있으나 선진국으로 불리지는 않는다. 누구도 선호하지 않는다. 어느 나라를 선호하는가? 노르웨이, 스웨덴, 덴마크, 네덜란드, 스위스 등 개인 국민소득이 높은 나라이다. 국가 총량이 중요한 게 아니라 개인이 누릴 수 있는 부와 자유가 우선이다.

산업혁명 이후 기계화와 자동화가 급속히 이루어졌고, 현재는 자동화를 넘어 인공지능화하고 있다. 모든 기계가 스스로 작동할 뿐만 아니라, 적절한 시기에 조건에 따라 멈추거나 조절한다. 중간에 인간이 관여하지 않아도 된다. 사람이 신경 쓸 필요가 없으므로 편리하다. 편리한 게 좋은 건 사실이지만 그 대신 일자리가 사라졌다. 은행 접수창구가 줄어들고 거리에는 자동판매기가 24시간 상시 가동된다.

30년 전까지만 해도 일하기 싫은 실업자는 있었어도 일하고 싶은 실업자는 없었다. 현재는 취업이 전쟁이다. 일자리가 없어도 당장 굶어 죽을 일은 없다. 다만 사람 구실을 못하고 사람 취급을 받지 못할 뿐이다. 자본주의가 무엇인가? 사물의 가치를 금액으로 환산하게 하는 것 아니던가? 연봉이 높은 사람이 훌륭한 사람이고 수입이 없다면 무가치한 대상이 된다. 사람 대우받으려고 엄청난 스펙을 쌓는다. 성형도 한다. 취업하기 위해서다.

옛말에 남자는 알아주는 사람을 위하여 일하고 여자는 사랑하는 사람을 위하여 화장한다는 말이 있었다. 지금은 어떠한가? 남자는 알아주더라도 봉급을 줄 수 없는 사람을 위해 일하지 않는다. 여자는 취직을 위하여 화장뿐만 아니라 성형을 하기도 한다. 과거 행태가 옳고 현재가 그르다는 건 아니지만 기분은 씁쓸하다.

자본주의의 가장 큰 문제는 쏠림 현상이다. 돈은 생명체는 아니지만, 자가증식 본능을 가진다. 물이 아래로 흐르듯 이윤이 큰 곳으로 향한다. 자연스럽게 부익부 빈익빈을 초래한다. 세계적인 축구선수는 연봉이 수백억 원에 달하지만, 보통 사람은 몇천만 원에 불과하다. 대기업 대표는 수백, 수천억 원에 이르는 사람도 있다. 자본의 논리로는 천억 원 버는 한 사람이 연봉 일억이 안 되는 천명보다 가치가 있다.

열심히 공부하는 이유가 무엇인가? 열심히 운동하는 이유가 무엇인가? 성형하고 치장하는 이유는 도대체 무엇인가? 팔기 위해서다. 자신이 가치 있다는 걸 증명하여 높은 금액에 팔리기 위해서다. 스스로 원하는 사람이 아니라 자본가가 원하는 사람이 되어야 높은 연봉을 받을 수 있다. 공부를 열심히 하는 것도, 열심히 운동하는 것도, 기품 있는 태도와 우아한 자태를 꾸미는 것도, 자신을 비싼 값에 팔기 위한 수단이다.

서글프지 않은가? 최선을 다하여 열심히 노력하는 이유가 자본가에게 자신을 팔기 위한 수단이라는 사실이. 슬프지만 이미 작동하고 있는 세상을 멈추거나 되돌릴 수는 없다. 높은 연봉을 받아 타인에게 정당한 대우를 받고, 스스로 자본가의 길로 나아가야 하는 게 현재 인간에게 주어진 운명이다. 자본주의 시대의 비애다.

거액에 몸이 팔렸다고 희희낙락하기에는 이르다. 팔린 물건이 새로운 주인의 소유가 되듯이 팔린 사람은 노예가 된다. 자본가의 지시에 따라야 한다. 정신적·육체적 자유를 상실한다. 그런데도 스스로 팔리기 위하여 노력해야 하는 체계, 물건을 고르듯이 사람을 선별하여 쓸 수 있는 권한이 자본가에게 있는 게 자본주의다. 자본주의 세상에서 사람답게 살려면 자본가가 되어야 하나, 최소한 생존에 필요한 자본을 확보하는 일이 시급하다. 자본주의 사회에서 의식주를 해결할 자본을 확보하지 못한다면 이미 인간이 아니다. 어디에서도 인간 대접을 받을 수 없다.

2020. 12. 8.(화)

토착왜구

토착왜구(土着倭寇)란 일본이 대한제국 강제합병 당시 부귀영화를 누리고자 일본의 앞잡이 노릇 하던 고위 관료층, 자생적인 친일파를 의미한다. 나라를 팔아먹은 매국노의 다른 표현이다. 현대를 살아가는 한국인에게는 가장 치욕적인 욕설이라 할만하다.

언제부터인가 까마득한 옛말이 유행하기 시작했다. 그런 말이 있었는지도 모르고, 어원조차 모르는 사람도 스스럼없이 토착왜구란 말을 쓴다. 토착왜구란 누구인가? 과연 현재 존재하는가?

토착왜구는 허구다. 정치적 선전 선동에 일부 국민이 적극적으로 호응하여 만들어 낸 허상이다. 왜 예전에 사라진 낱말을 끄집어내어 선전 선동에 사용하였는가? 누가 어떤 목적으로 사용하였고 어떤 사람이 호응하는가?

이승만 독재 시대 이래 빨갱이는 지울 수 없는 주홍글씨였다. 남북이 자유주의와 평등주의를 주창하며 치열한 체제경쟁을 하는 와중에 남에서 빨갱이로 몰리면 지위 고하를 막론하고 척결되었다. 대통령 후보까지 했던 조봉암이 사형당할 정도였다. 역대 보수 정권은 야당 핍박 시 붉어 보인다는 한마디로 탄압하였다. 개혁세력에게 빨갱이는 헤어날 수 없는 수렁이었다. 실제 색깔이 중요한 게 아니라 누군가 빨갱이라고 덮어씌우면 벗어날 수 없는 굴레였다.

개혁진영은 억울할 것이다. 공산주의자도 아니고, 북에 협력한 적도 없으며, 붉은색을 좋아하지 않음에도 빨갱이라는 한마디에 매도당했으니 말이다. 개혁세력이 묘안을 냈다. 빨갱이에 상응하는 덫을 만들자. 국민이 가장 싫어할 구호는 무엇인가? 그것이 토착왜구다.

현재 한국 국민 중 친일파가 있는가? 일본을 싫어하고 일본인을 혐오하는 게 인류애에는 어긋나겠지만, 불과 얼마 전까지 억압과 착취의 식민역사를 가진 한국인이 일본인을 좋아하는 것은 거의 불가능하다. 한국인이 가장 빨리 의사통일 되는 게 반공·반일이다. 실제적인 군사적 위협과 도발을 일삼는 북한과 아직도 악몽을 잊지 못하고 괴로워하는 일제의 희생자가 있는 한 우리 국민에게 북한과 일본은 지울 수 없는 상처다.

우리나라에 빨갱이가 있는가? 토착왜구가 있는가? 내 판단으로는 있지도 않으려니와 있어도 손에 꼽을 수준이다. 그런데 정치인과 국민의 생각은 다르다. 내 편 아니면 몽땅 빨갱이요, 모두 토착왜구다. 실제가 아니라 그렇게 생각하고 싶어 그런 것이다. 그래서 불행하게도 둘로 갈라진 대한민국 국민은 자신의 의사와 무관하게

상대방의 낙인에 따라 절반은 빨갱이, 절반은 토착왜구가 되었다.

대한민국은 멋진 나라다. 내가 보기에도 그렇고 외국인이 보기에도 그렇다. 그런데 선전 선동에 취약하다. 남 탓하기를 좋아한다. 어려운 현실과 불안한 미래를 책임질 희생양을 너무 쉽게 선택한다.

인터넷 댓글을 보면 휘황찬란한 욕설이 난무한다. 댓글에 논리적이고 합리적인 의견 개진, 토론은 없다. 거두절미하고 쥐박이, 닭근혜, 문재앙이다. 타인을 혐오하고 비난하면 조금 스트레스가 풀릴 수도 있다. 그렇다 하더라도 이성이 가미되지 않은 무의미하고 무절제한 감정적 욕설이 어떤 도움이 될 것인가? 자신의 정체성은 사고와 말과 행위의 총합이다. 더러운 사고와 말과 행위를 하였다면 이미 악취 나는 부패한 사람이다. 스스로 썩어가는 것이다.

경제와 문화적으로 이미 선진국이 되었다면 이제 정치도 선진국이 되어야 한다. 정치를 정치인만 탓해서는 안 된다. 국민이 냉정해야 한다. 쓸데없는 선전 선동에 넘어가서는 안 된다. 왜 다른 사람을 비난하는가? 왜 타인의 얼굴에 굴레를 씌우나? 정치적 성향이 다르고 의견 차이가 난다고 빨갱이, 토착왜구라고 매도해서는 안 된다. 국민 각자가 정치인의 술책이나 농간에 넘어가지 않고 부화뇌동하지 않는다면 그걸 시도하는 정치인도 사라질 것이다.

소설 『채식주의자』의 한강, 영화 〈기생충〉의 봉준호, 노래 '다이너마이트'의 방탄소년단, 축구 프리미어리그의 손흥민이 대단하지 않은가? 세계 경제를 선도하는 삼성, LG, SK, 현대자동차가 엄청나지 않은가? 코로나바이러스에 대처하는 시민의식도 훌륭하지 않은가?

'네 탓'이라는 국민의 정치의식만 개선한다면 당장 일등 국가가 될 것이다. 일등 국가가 힘으로 결정되는 시대는 갔다. 일등 국가, 일등 국민은 영토나 인구나 국민총생산이 아니라 상대를 인정하는 사랑과 관용의 시민 정신으로 무장한 사람이 사는 나라다.

2020. 12. 18.(금)

거부권

정치인이 들으면 기분 나쁘겠지만 국민에게 참정권 중 선택권만 줄 게 아니라 거부권도 줘야 한다. 민주주의 발상지인 아테네인이 들으면 기절초풍하겠으나 좋은 사람 선택하는 것도 민주요, 싫은 사람 거부하는 것도 민주다. 앞에 나서는 사람치고 어리바리한 사람 없겠으나 똑똑하다고 인기 있는 것은 아니다. 똑똑하고 잘 생겼어도 애인이라면 몰라도 지도자의 조건은 아니다.

지도자는 차별이 없어야 한다. 국가 단위의 지도자라면 지지하지 않는 사람까지 포용할 아량이 있어야 한다. 대통령, 국회의원이라고 스스로 자랑스러워하는 사람이 면장이나 이장 수준도 안 되는 사고를 한다면 국민은 선택이 아닌 거부할 권한이 있어야 한다.

우리나라 시험은 사지선다나 오지선다인데 그중 하나를 선택해야 한다. 답이 없다고 생각해서 선택하지 않으면 틀린다. 실제로 답이 없어도 출제자의 의도와 사고를 유추해서 찍어야 한다. 그것이 정답인가? 답이 없어도 선택하는 것이 옳은가?

어처구니가 없다. 사람은 썩은 당을 싫어한다. 당연하다. 단백질이 썩어가는 역겨운 냄새를 누가 좋아할 것인가?

사람은 위선 당도 싫어한다. 썩은 당의 문제점을 말끔히 도려낼 것처럼 호언장담하던 사람이 스스로 정의의 사도를 자처하고, 대변한다던 약자를 우롱한다면 썩은 자와의 차이가 무엇인가?

그렇다고 유아 당을 지지할 것인가? 듣기에는 개운하고 시원하지만, 현실은 도외시하고 비현실적인 정의와 이상을 주장하는 사람을 지지해야 하는가? 그런 것은 현실 정치가가 아닌 문학 작가의 소설이나 학자의 토론 주제로나 적당하다.

부패(腐敗)당, 위선(僞善)당, 유아(乳兒)당 모두 싫다면 현재는 투표를 포기하는 수밖에 없다. 말 그대로 사표가 된다. 어느 당이 정권을 잡더라도 백 퍼센트 국민 의사를 반영하지 않는다.

지지하는 정당이 없다면, 집권해서는 안 되는 당에 거부권을 행사하는 것이다. 지지자와 거부자의 차이로 당락을 결정하면 된다. 단 지지자보다 거부자가 많으면 가장 적게 거부당하여 일등을 하더라도 당선될 수 없다.

그리스 아테네인이 직접 투표한 당시에는 언젠가 드러날 국가나 국민을 위하는 체하는 교묘한 당리당략은 없었을 것이다. 처음 민주주의 제도를 구상한 사람은 위대하고 창의적이었으나 인간은 권모술수에 뛰어나다. 어느 당도 정권 획득을 위해 국민을 기만한다. 국민이 속아 넘어가거나, 상대의 위선이 탄로 나서 선거에서 승리하면 속으로 웃으며 만족한다.

사실 그렇지 않은가? 어느 정당도 마음에 들지 않는다면 상대적으로 덜 마음에 들지 않는 당을 찍을 수밖에 없다. 마음에 드는 당이 없는데 왜 가장 싫어하는 정당의 집권에 반대할 수 없는가?

탄핵은 이미 엎질러진 물을 치우는 것뿐이다. 왜 미리 반대하면 안 되는가? 오십 퍼센트의 득표를 과반수라고 자랑하지만 어쩔 수 없이 선택한 국민 다수를 고려하면 감히 오만해서는 안 된다.

거부권을 제도화하면 국민이 가장 싫어하는 정당은 정권 잡기가 어렵고, 유권자가 가장 싫어하는 사람은 국회의원이 될 수 없다. 지금은 어떤가? 현재는 절대다수 국민이 혐오해도 사십 퍼센트 지지로 최다득표를 한다면 정권을 잡을 수도, 국회의원이 될 수도 있다. 그러니 과반이 혐오하는 부패 당과 위선 당이 교대로 정권을 잡는다. 이것이 국민 의사를 반영한 선출인가?

2021. 1. 6.(수)

보수와 개혁

어느 사회나 상반되는 계층이 존재한다. 선진국이냐 후진국이냐의 문제가 아니라 부유한 나라도 가난한 나라도 상대적으로 부유층과 빈곤층이 존재하기 마련이다.

무언가를 지켜야 할 게 있는 사람은 보수주의자다. 현재 상태에서는 더 나아질 기미가 보이지 않아 무엇이든 바뀌기를 바라는 사람은 개혁주의자다. 어느 나라 어느 사회나 상대적 보수주의자와 개혁주의자는 존재할 수밖에 없다.

개혁주의자는 스스로 진보라고 자처하나, 개혁주의자가 진보라면 보수주의자는 퇴보라는 뉘앙스에 나는 진보라는 말을 선호하지 않는다. 아마 개혁이나 혁신이라는 좋은 말이 있지만, 과격한 느낌으로 국민이 부담스럽게 여겨서 진보라는 말을 사용하는 듯하다.

나는 지켜야 할 게 많다. 재산은 많지 않지만, 사랑하는 가족, 오랜 친구, 대한민국 체제, 우리 민족 고유문화, 언어와 문자, 말하고 행동하는 데 제약이 없는 자유…. 이런 것을 지키고 싶다. 지켜야 할 게 많은 나는 그런 측면에서는 보수주의자다.

고질적인 지역 감정, 부익부 빈익빈, 남녀·세대 갈등, 청년 실업, 부도덕한 정치인과 검찰이나 언론 등 바뀌어야 할 것도 많다. 이런 부분은 반드시 개선해야 한다. 더 많은 부분이 바뀌어야 한다고 생각하는 데서 나는 개혁주의자다. 일부 지켜야 할 게 있지만, 더 많은 부분이 바뀌어야 한다고 생각하는 나는 보수적 개혁주의자라고 자처한다. 국가 체제와 국민의 안전에 영향이 없는 한 최대한 바뀌어야 한다고 믿는다.

지켜야 할 게 많은 사람이 보수주의자라면 기득권자, 부와 명예와 권력을 가진 사람이 해당한다. 바뀌기를 바라는 사람이 개혁주의자라면 가진 게 없는 빈곤층이나 사회적 약자가 될 것이다.

이론과 실제는 항상 차이가 있다. 민주주의 전통이 일천(日淺)하고, 근대화 민주화 과정에서 참여 여부, 정치인의 선거 전략 등의 영향으로 부유한 개혁주의자도 있고, 가난한 보수주의자도 있다.

경제 능력이 보수와 개혁을 나누는 큰 틀이지만 한국에서는 감정과 정서가 앞선다. 개인의 과거 환경과 살아온 과정이 포함되는 정체성이 가장 큰 원인이다. 정체성이 개인 삶의 총합이라면 쉽게 바뀔 리가 없다. 그래서 한국에서 보수와 개혁 지지자의 유동성은 미미하다. 거의 평생을 간다.

과연 자신의 사고나 태도에 문제가 없는가, 고민해야 한다. 죽을 때까지 초지일관했다는 것이 자랑거리일 수는 없다. 물론 훌륭한 가치에 대한 신념은 존중해야 한다. 현재 대한민국 보수주의자와 개혁주의자는 모든 걸 통찰하고 내린 결론인가? 변할 수 없는 진리라고 판단해서 정한 신념인가?

사람이 사유능력에서 사람이라면, 한번 결정한 것을 평생 유지하는 건 비합리적이다. 세상 만물 중 변하지 않는 것이 있는가? 모든 것이 변하고 환경과 상황이 정반대로 바뀌었는데도 처음 자신의 신조를 고집한다면 지독한 집착일 뿐이다.

보고 싶은 것만 보고, 듣고 싶은 것만 들으며, 믿고 싶은 대로 판단하는 것이 인간이지만, 자타가 공인하는 보편적이며 정의로운 사람으로 살아가려면 심사숙고해야 한다. 내 판단이 지나치게 개인의 이익을 우선하지 않았는가? 감정적이었는지는 않았는가? 정치인의 선전 선동에 부화뇌동하지 않았는가? 국가와 사회 공동체를 위한 결정이었는가? 내 자식과 후손을 위한 최선의 결정이었는가? 미흡한 부분이 있었다면 지금이라도 솔직하게 반성하고 태도를 바꾸어야 한다.

지역감정은 영원히 지속해도 좋은가? 빈부격차가 심화해도 괜찮은가? 남녀차별은 지속해야 하는가? 청년 실업을 해소하거나 대체할 방법은 없는가? 현재 상존(尙存)하는 문제를 해결하기 위해 내가 할 수 있는 일은 무엇인가? 어느 정당을 선택할 것인가?

이것이 보수나 개혁을 떠나 대한민국 국민이라면 고민해야 할 당면과제다. 어떤 이유로 과거에 자신이 선택한 정당의 주장을 합리화하면서 스스로 보수나 개혁주의자라고 고집하고 무의미한 투표를 반복해서는 안 된다. 투표는 개인의 감정으로 승부를 결정하는 것이 아니다. 나보다는 자식이나 후손을 위하여 만들어 갈 세상을 고르는 것이다. 투표에 관한 한 일편단심이나 초지일관은 재고(再考)되어야 한다.

2021. 2. 10.(수)

조삼모사와 포퓰리즘

유승민 전 의원이 대통령이 제안한 국민 위로금 검토 발언과 여당 지방자치단체장의 잇따른 재난지원금 지급에 대해 국민을 우롱하고 모독하는 저급한 정치라면서 조삼모사(朝三暮四)를 밥 먹듯이 한다고 비난하였다. 선거 직전에는 전 국민 보편 지급을 하고, 선거 후에는 피해계층 선별 지급하는 것은 돈으로 표를 사는 행위로 선거 때마다 반복한다는 의미였다.

충분히 수긍이 가는 말이고 현 여권 지도부의 폐부를 찌르는 정곡 일침이다. 지금 대한민국은 포퓰리즘의 쓰나미에 빠져 있다. 엔트로피가 증가하고 시간이 역으로 흐를 수 없듯 한번 중독되면 사실상 치유가 불가능한 질병으로 치닫는 중이다.

우리가 자본주의의 단점을 잘 알고, 미래가 암울하다는 걸 예측하면서도 산업혁명 이전으로 돌아갈 수 없는 것은 이미 맛 들인 문명의 이기에 길들어 있기 때문이다. 2020년에 지구온난화로 사상 최대의 토네이도, 허리케인, 폭우, 태풍, 산불이 발생하였고, 현재는 미국 전역을 강타한 겨울 폭풍으로 많은 사람이 죽고, 지구촌에서 가장 부유하고 원유를 많이 생산하며 에너지를 많이 사용하는 미국이 전력난으로 재난적 상황에 허덕인다. 화석에너지 사용을 줄이고 인간 활동을 줄이는 게 지구온난화 예방대책이겠으나 그것이 가능한가? 생산과 소비를 획기적으로 줄이는 걸 인류가 합의하겠는가?

엎지른 물은 주워 담을 수 없다. 다른 방법으로 수습할 뿐이다. 미중유의 코로나바이러스가 주원인이기는 하지만 2020년에 여러 차례에 걸쳐 재난지원금이 지급되었다. 생산과 소비 활동 위축으로 소득이 끊긴 취약 계층을 위한 불가피한 측면이 있었다. 문제는 앞으로 어떻게 할 것인가다. 불가항력적인 재난 상황에서 전 국민에게 재난지원금이 일괄 지급되었으나 습관화해서는 안 된다. 보편적 지급은 경험이 없는 상황에서 빠른 지급을 위하여 실시한 한 번으로 충분하다.

누구나 노력 없는 소득을 반대할 리는 없지만, 재원의 한계로 빚으로 충당해야 한다면 생존이 위급한 특별한 사람에게만 선별 지급해야 한다. 중독에서 헤어나오는 건 어렵다. 흡연이나 음주나 도박을 끊기 어렵듯 불로소득도 습관화하면 돌이킬 수 없는 사태를 맞이할 것이다.

유승민 전 의원이 지적한 것은 사실이다. 다만 정치인으로서 유권자의 눈치를 보고 상대 정당에 비난을 집중하기 위해 국민은 거론하지 않은 것은 잘못이다. 정치인의 포퓰리즘 행태는 비난받아 마땅하다. 그들이 왜 포퓰리즘의 해악을 잘 알면서도 유혹에서 벗어나지 못하는가? 그것은 국민에게 포퓰리즘이 먹히기 때문이다.

여당 지방자치단체장이 먼저 주창한 재난지원금 일괄 지급이 대통령 후보 지지율 선두를 만들었다면 어떤 정치인이 포퓰리즘의 유혹에 빠지지 않겠는가? 정치인의 정권 획득을 위한 집착을 고려할 때 돈을 풀어 대통령이 되는 것을 누가 마다하겠는가? 20년이나 100년 후에 닥칠 국가 경제위기를 막기 위하여 당장 정권 획득을 포기할 정당이 있겠는가?

삶에는 돈이 필요하다. 어쩐 일인지 돈은 항상 부족하기만 하다. 어떤 이유로든 누군가 돈을 주는 걸 마다할 사람은 없다. 그러나 그 돈이 자신이 낸 세금이라는 걸 안다면, 받은 돈만큼 더 세금을 내야 하는 걸 안다면, 미래세대의 돈을 당겨 쓰는 걸 알면서도 재난지원금 보편 지급을 원할 것인가?

사고력이 인간 고유의 능력이고, 사람다운 사람이 심사숙고하여 욕망을 통제하는 것이라면, 우리는 통찰하고 통제해야 한다. 조삼모사 원숭이를 비웃을 일이 아니다. 오늘 실컷 먹고 마시고 내일은 굶어야 한다면 현명한 생각인가? 인간의 태도라고 할 수 있는가?

정치인의 포퓰리즘을 비난하고, 조삼모사 원숭이를 비웃기 전에 국민 스스로 반성해야 한다. 헤어나올 수 없는 중독에 빠져서는 안 된다. 정치인의 포퓰리즘에 환호하는 어리석은 사람이 되어서는 안 된다. 현명한 국민 앞에 당장 이익을 앞세워 표를 구하려는 정치인은 설 땅을 잃을 것이다. 포퓰리즘은 근절되어야 한다.

2021. 2. 21.(일)

교환 불가능한 것

자본주의 사회는 근본적으로 모든 게 교환 가능하다는 논리로 구성된 세계다. 자급자족 사회에서 교환할 품목은 거의 존재하지 않는다. 필요하면 만들어서 쓴다. 만들 수 없는 것이나 채집할 수 없는 것은 어떤 대가를 치르고 구해야 한다. 자급자족 사회에서 소금 정도가 교환으로 확보하는 품목이었다.

산업화는 근본적으로 분업을 통한 대량 생산체계다. 분업을 통한 숙련된 기술로 대량 생산에 성공하였으나, 개인의 생산 품목은 극도로 제한된다. 필요한 대부분 생활용품은 구매해야 한다. 구매하는 순간 국민총생산으로 잡힌다. 자급자족 사회에서 포함되지 않는 수치가 경제 규모를 획기적으로 확장하였다.

상품 교환은 비약적인 경제 성장을 이루었다. 모든 교환체계의 중심에 있는 돈은 가장 중요한 가치를 갖게 되었다. 돈과 교환되는 상품은 등가인 것으로 인식하지만, 한번 구매한 물건으로 다른 물건과 교환할 수 없다는 데서 화폐 가치보다 떨어진다. 자본주의 사회에서는 화폐가 가장 중요하다. 아무리 희귀한 명품이라도 화폐 가치에 미치지 못한다.

자본주의 사회에서 교환 불가능한 것이 존재하는가? 사람은 돈보다 중요한 가치가 무수하다고 생각한다. 조국, 부모 형제, 처자식, 우정, 사랑, 이상 등 돈으로 구할 수 없는 건 많다. 사실 인간에게 교환 불가능한 대상은 무수하다. 실제로 그럴까?

1억이나 10억 원 정도로 조국을 배신할 매국노는 흔치 않다. 그러나 1,000억 원을 준다면, 솔깃하지 않은가? 부모 형제나 처자식을 돈에 팔려는 사람은 없을 것이다. 1조 원을 준다고 해도 생각에 변함이 없을 것인가? 어쩐지 마음에 갈등이 생길 것 같지 않은가?

조국이나 가족에 대한 확고한 사랑과 친구와의 우정에 전혀 틈이 없을 것 같은 의식은 스스로 세뇌한 과장된 것이다. 역사에 등장하는 수많은 매국노와 배신자를 보라. 자신의 생명이나 적은 이익에도 쉽게 마음을 바꾸는 경우가 허다하다.

가족에 대한 사랑이 모든 가치보다 우선하는 건 사실이다. 보편적으로 대체 불가능한 존재이자 교환 불가능한 것이 사랑하는 사람이지만, 뉴스에 유산 때문에 발생하는 근친 살해나, 보험금을 노리고 아내나 남편을 죽였다는 소식을 접할 때 우리의 확신이 과장되었음을 직감한다. 보통 때라면 가족을 쉽게 포기할 사람은 없겠지만, 어떤 절박한 상황에서는 뉴스에 나오는 패륜아로 바뀔지도 모른다.

인간도 상품이 된 지 오래다. 비단 매춘부뿐만 아니라, 연봉으로 사람을 평가하는 현재 분위기에서 누구나 가격이 정해져 있는 셈이다. 본인이 아무리 부정해도 타인이 연봉 이상으로 평가하지 않는다면, 그 가격이 자신의 가치다. 슬프지만 우리는 자신의 가치를 올리기 위하여 경쟁한다. 축구를 잘하려는 것도, 공부를 열심히 하는 것도, 대기업에 입사하기 위한 모든 노력도 더 많은 급여 때문이다. 돈보다 인간이 중요하다는 논리는 자본주의 사회에서는 허구다.

그대는 돈보다 소중한 것을 가졌는가? 어떠한 것으로도 대체 불가능하며, 아무리 큰 금액으로도 교환 불가능한 소중한 것을 가졌는가? 단 하나라도 천억 원의 제안에도 흔들림 없을 정도로 소중한 것이 있다면 그대는 행복하다. 자본주의 사회에서 천억 원을 초과하는 가치는 드물고도 드문 것이다. 그렇게 소중한 것을 하나라도 가지고 있다면 자산이 천억 원에 이르는 셈이다. 물질 만능 사회에서 천억 원의 자산을 가진 자라면 누구나 선망하는 행복한 사람이다.

2021. 2. 25.(목)

전체주의 사회의 해체

전체주의는 개인보다 전체의 이익을 강조하여 사회적 담론을 하나로 통일하려는 시도를 말한다. 공동체의 이익이 개인의 이익에 우선한다는 논리를 빌미로 정치 권력이 국민의 정치, 경제, 사회, 문화생활 모든 영역에 걸쳐 전면적이고 실질적인 통제를 가하는 체제를 말한다.

역사적으로 무솔리니의 파시즘, 히틀러의 나치즘, 일본의 군국주의, 스탈린의 대숙청, 마오쩌둥의 문화대혁명이 대표적인 사례다. 전체주의는 국가 안보와 국민의 이익이라는 이름으로 집권자가 주장하는 논리 외 어느 것도 인정하지 않는 완전한 언론 통제 사회다.

절대 군주의 전제주의와 유사하나, 전제주의는 지배층 일부의 감시만 벗어나면 되지만, 전체주의는 국민이 서로를 감시하는 형국으로 개인의 사유와 행동이 완전하게 통제된다. 전 국민을 무장하여 세계대전을 일으키고 홀로코스트 유대인 학살, 수많은 정적을 숙

청해도 국민은 어떠한 반발도 할 수 없었다.

중세 유럽에서는 기독교 권력이 마녀사냥으로 수천 명을 화형에 처한 것도 전체주의 군중 심리를 이용한 사례다. 개인은 현명해도 군중은 우매하다는 말은 전적으로 옳다. 아무리 훌륭한 지도자도 다른 의견을 낼 수 없는 전체주의 체제로 국민의 행복을 담보할 수 없다. 전체주의는 어떠한 상황에서도 용인되어서는 안 되는 반인륜적 이념이다.

대한민국은 민주국가다. 진영 논리로 양분되어 투쟁 중이나 국가적으로 전체주의는 아니다. 전라도와 경상도만 한정하면 양상이 다르다. 몇몇이 하는 대화는 자유로울 수 있으나 많은 사람이 모인 가운데서는 곤란하다. 하나의 담론으로 결정된 상태에서 반박하기 어렵다.

거창한 꿈을 가지고 있던 젊은 시절, 공군 소위로 임관하여 첫 부임지로 광주를 선택하였다. 현재도 그렇지만 지역감정이 극심하던 터라 실체를 알아보겠다는 오지랖 넓은 결정이었다. 부대 지휘관이나 장교가 전라도 일색이 아니었기에 부대에서는 말투 외에 지역색을 느끼기는 어려웠다.

야구를 좋아해서 혼자 무등야구장을 찾은 적이 있다. 나는 고향이 충남 부여로 당시 빙그레 이글스 팬이었다. 해태에는 선동렬과 이종범이 활약하였고, 빙그레에는 장종훈과 이정훈이 활약할 때다. 80년대에는 삼성이 절대 강자였으나, 90년대 초에는 빙그레가 절대 강자였다. 물론 페넌트 레이스(pennant race)에서의 얘기고 포스트 시즌에서는 해태 천하였다.

장종훈이 적시타를 치자 나도 모르게 환호하고 박수했다. 갑자기 머리털이 곤두설 정도로 서늘했다. 주변의 모든 사람이 경기장이 아닌 나를 주시하고 있었다. 그 표정은 "이것이 어디서 온 종자랴? 죽고 싶어서 용쓰는감?" 하는 듯 험악한 인상이었다. 다음부터는 빙그레 응원을 하지 못하고, 해태가 안타를 치면 환호까지는 하지 않으나 손뼉을 쳤다. 청년 장교가 무엇이 두려워서 소신대로 응원하지 못하였느냐고 힐난해서는 안 된다. 아무리 청년 장교라도 만 명을 상대하는 건 용기가 아니라 무지 또는 무모다. 생명의 위협을 느낄 때는 일단 모면하는 것이 최선이다.

경상도에서는 우파가 절대 우세다. 그런 일은 잘 없지만 많은 사람이 듣는 데서 개혁을 주장하거나 좌파의 당위성을 역설하면 누군가 "여가 즐라도가?" 한마디로 정리된다.

전라도에서 이명박 박근혜 정권의 치적을 칭찬하고, 민주당을 성토하면 "시방 머시라구 혔소?" 한마디에 꼬리를 내릴 수밖에 없다. 용기나 지식의 문제가 아니라 획일화한 다수의 반발을 설득할 방법은 없다.

전라도나 경상도에서도 자유스럽게 할 말을 한다고 한다. 전라도에서 좌파 칭찬하고 경상도에서 우파 칭찬할 때만 그렇다. 반대의 경우는 곤란한 지경을 넘어 위험한 상황을 초래할 수 있다. 특히 술에 취했거나 흥분하여 다수에게 말할 때는 조심해야 한다.

경제는 선진국이고 수평적 정권 교체가 이루어지는 대한민국은 민주국가다. 민주국가에서 할 말을 못 하고 사는 것이 말이 되는 가? 전라도에 사는 사람이 모두 가난한 건 아니다. 기득권자도 있 다. 모든 사람이 같은 생각은 아닐 것이다. 다수의 생각과 다른 의 견을 말할 분위기가 안 되어 참고 있을 뿐이다. 오히려 우파로 의 심받지 않으려고 선제적으로 우파를 성토하기도 한다. 그의 잘못 이 아니라 전체주의적 분위기에서 생존을 위한 방편이다.

경상도에 사는 사람이 모두 부유한 건 아니다. 비정규직도 있고 실업자도 있다. 그들도 우파를 주장한다. 실제로는 좌파일 수도 있 다. 사장이나 직장 동료나 친구가 모두 일관되게 오른쪽을 주장하 는 터에 자신의 소신대로 발언하는 건 쉽지 않다. 당장 왕따를 당 하거나 일자리를 잃을 수도 있고, 생각이 다르다는 게 드러나면 어 떤 불이익을 당할지 알 수 없다. 생각과 반대로 말하고 행동하는 게 비겁할 수는 있으나, 생존이 급선무다.

사회적 담론이 하나로 굳어지니 한쪽 소리만 나온다. 말하지 않 으면 반대파로 오해받을 수 있으니 소신과는 다르게 맞장구친다. 분명 다른 의견은 있으나 전체주의 분위기에 묻혀 드러나지 않는 다. 누가 본다면 모두가 같은 생각을 하는 것으로 오해할 것이다.

전체주의 사회를 어떻게 해체할 것인가? 지역 구도가 확실할 때 당 명에 편승하여 당선이 쉬우므로 정치인에게 기대할 수는 없다. 스스 로 해체할 수밖에 없다. 전체주의 사회가 싫으면 경기도나 충청도로 이사 가면 그만이나 직장이나 삶의 터전을 옮기는 건 간단치 않다.

주류 담론에 대항하여 장렬하게 전사할 필요는 없다. 살아서 권토중래를 노려야 한다. 용기를 내서 부화뇌동하거나 맞장구치지 않아야 한다. 딴짓하거나 침묵하는 것이다. 침묵만으로도 생각이 드러나는 위험성은 있으나 그 정도 용기는 필요하다. 침묵하는 사람이 다수가 되면 오히려 강성 주류가 불안해진다. 생각이 다른 사람이 있다는 걸 깨닫는 순간 말을 조심할 수밖에 없다.

자신의 소신과 전혀 다른 주류 담론에 침묵하는 것은 최소한의 저항이다. 사장이나 선배의 말에 맞장구치지 않는 걸 넘어서 눈치채지 않는 범위에서 딴지를 걸거나 방해하는 것은 고도의 전략이다. 중요한 말을 하려는 순간 "사장님 소주 두 병 추가요!" 하고 외치면 할 말을 잊고 다른 화제로 넘어갈 수 있다. 싸가지없는 놈으로 찍히지 않도록 조심하면서 주류 담론을 거부해야 한다.

전체주의가 무엇이고 역사에 어떤 해악을 끼쳤으며, 인간의 삶을 얼마나 억압하는가를 알았다면, 우리는 용기를 내야 한다. 소신대로 말하고 행동할 수 없는 사회를 후손에게 물려주지 않으려면 다른 누구의 도움을 기다릴 게 아니라 스스로 실천해야 한다.

설령 자기 생각이 주류 담론과 일치하더라도 발언을 유보하라. 주류 담론의 증폭 확산을 억제하라. 전체주의 사회 해체를 위해서는 주류 담론에 대항해야 하나, 여의치 않다면 발언을 방해하거나 침묵해야 한다. 왕따가 두려워 맞장구치는 비겁한 행위를 해서는 안 된다. 자기 소신에 맞지 않는 주장에 아부하지 않는 건 전체주의 사회 해체를 위하여 민주시민이 시도해야 할 최소한의 행위다.

2021. 2. 27.(토)

—

개혁의 주체

—

세상은 변한다. 당연히 세상에 포함된 모든 사물도 변한다. 물질의 최소 단위인 쿼크나 전자 수준에서의 변화 여부는 규명되지 않았으나, 핵분열이나 핵융합으로 원자도 변한다. 존재하는 모든 것이 변한다면 그 변화 속에 존재하는 인간의 사고와 사회도 변해야한다. 어떤 식으로든 체제는 변할 수밖에 없다.

개혁이 기존의 체제나 추세와 조화를 이루면서 부분적이고 한정적 변혁을 꾀하는 것이라면, 혁명은 기존의 사회 제도나 정치체제를 전면적으로 바꾸는 것이다. 이렇게 변혁을 통한 새로운 가치나 정책의 창조를 주장하는 사상 또는 태도를 진보주의, 또는 혁신주의라고 한다.

개혁과 상대되는 개념으로 보수주의를 들 수 있다. 급격한 변화로 인한 혼란을 막기 위하여 최소한의 변혁을 추구하는 사상이나 태도를 말한다. 현 체제를 그대로 유지하려는 수구주의와 옛 체제로의 복귀를 주장하는 복고주의도 있다.

현재 우리나라에서는 진보와 보수를 상대적인 개념으로 사용하고 있으나, 잘못된 용례로 보인다. 변화를 추구한다는 점에서 보수도 진보에 속하며, 진보의 사전적 의미의 상대어가 퇴보라면 변화를 거부하는 수구나 복고주의는 퇴보에 해당할 것이다. 즉 보수의 상대어로 진보는 적절치 않다. 변화의 속도가 차이라면 보수와 개혁으로 사용하는 것이 타당할 것이다. 보수와 진보라는 말은 보수와 개혁으로 수정되어야 한다.

진보주의는 혁명, 혁신, 개혁, 보수를 포함하는 체제의 창조적 변혁을 추구하는 사상이라고 할 수 있으며, 변화 자체를 거부하거나 옛 체제로 복귀를 주장하는 수구, 복고주의는 진보에 상응하는 퇴보주의(退步主義)라고 해야 어색하지 않다.

진보주의 변화 속도는 체제 전복을 노리는 혁명이 전광석화, 혁신은 항공기, 개혁이 택시 정도의 속도라면, 보수는 자전거나 도보다. 범진보라고 해도 그 속도의 현격한 차이에서 혁명파와 개혁파와 보수파는 서로 이질적으로 느낄 수밖에 없다.

누가 개혁의 주체가 되어야 하는가? 누가 개혁을 주도하는 것이 타당한가? 보수파와 개혁파가 반반이라면 상위 십 퍼센트와 하위 사십 퍼센트가 개혁의 주체가 되어야 한다.

상위 십 퍼센트는 사회의 주도권을 장악한 기득권이다. 기득권자는 현 체제 유지가 가장 이상적이나, 현 체제가 부의 양극화를 재촉하여 머지않아 불만이 쌓인 대중의 혁명을 촉발할 수 있다. 혁명은 모든 것을 허물어뜨린다. 기득권자가 반드시 막아야 할 사태다. 혁명을 막는 유일한 길은 최대한 변화하는 것이다. 기득권자는 큰 변화에도 적응할 능력이 충분하므로 개혁 후에도 위치의 변화는 없다.

하위 사십 퍼센트는 현 체제에 불만이 많은 사람이다. 노력에도 지위가 상승하거나 소득이 향상되지 않는다. 가진 것도 없다. 가진 것이 없으니 잃을 것도 없다. 혁명이든 개혁이든 최대한 빠른 변화를 원한다. 복고나 수구는 물론이고 보수주의 개혁 속도에 만족할 수 없다. 하위 사십 퍼센트는 가장 강력한 개혁세력이고 변혁의 원동력이다.

중간층인 사십 퍼센트에서 구십 퍼센트에 이르는 사람은 보수적이다. 상위 십 퍼센트에 비하면 가진 것이 적지만, 현재 위치에 이르기까지의 노고가 적지 않았다. 거의 평생에 걸쳐 집 한 채 마련하고 겨우 먹고살 만한 사람이다. 연령적으로는 결혼하여 가정을 이끄는 사십 대 이후다. 이들은 가진 것이 얼마 되지 않더라도 급격한 변화에 따른 현 위치 상실을 두려워한다. 적응 가능한 변화, 보수주의를 선택할 수밖에 없다.

논리적으로는 기득권자와 최하층이 개혁을 선도해야 하고, 중간층은 보수주의자가 되는 것이 타당하나 그렇게 간단하게 결정되지는 않는다. 기득권자 가운데 혁명의 기운이나 시기를 예측하는 현명한 자는 많지 않다. 지난 과거에 비추어 영원히 현 위치를 누릴 것이라 과신한다. 개혁에 앞장서지 않는 이유다.

중간층에서도 상위, 칠십 퍼센트에서 구십 퍼센트에 해당하는 사람은 강력한 보수주의가 유리하다. 어쨌든 최상층은 아니지만, 자본주의의 과실을 충분히 누리는 사람이므로 최대한 서서히 변화를 꾀하는 것이 합리적이다. 그러나 그가 누구인가? 인간 아니던가? 다수의 비참한 사람보다는 소수의 기득권자가 눈꼴사납다. 기득권자를 따라잡거나 추월하려는 욕망에 개혁의 깃발을 높이 들 수도 있다.

인간은 현명하다. 다른 생명체에 비해서는 그렇다. 그러나 그렇게 많은 역사적 사례와 현재 발생하는 상황에도 문제의 본질과 해결책을 통찰하는 이는 거의 없다. 모두 근시안적으로 눈앞의 이익에만 몰두한다. 자신의 사고와 말과 행위의 결과가 미래의 어떤 결과를 초래할지 전혀 상상하지 못한다. 그러니 역사는 돌고 돈다. 혁명 후 관료화와 양극화, 둑이 버틸 수 없을 정도로 불만이 커지면 다시 혁명, 역사는 반복한다. 동서양을 막론하고 왕조든 공화국이든 흥망성쇠는 필연적이다.

그대의 부는 어느 수준인가? 부의 수준에 맞는 정치 이념을 갖추었는가? 단지 현상 유지를 위하여 노력하거나, 상위 계층 추월에만 몰두하고 있지는 않은가? 그렇다면 그대가 속한 사회는 위험하다. 사회적 약자와 비참한 상태에 빠진 사람을 방치(放置)한다면 그 결과가 무엇이겠는가? 혁명이 반가울 사람이 있겠지만, 살아남았을 때 이야기다. 혁명은 피의 광풍을 몰고 온다. 혁명에는 신분 고하나 부귀와 빈천을 가리지 않는다. 누구도 안전하지 않다.

그대가 최상층 기득권자라면 최대한 개혁을 주장하고 시도하라. 부귀영화를 가장 길게 누릴 방법이다. 그대가 최하층이라면 당연히 분노하고 궐기하라. 자신의 몫을 누가 챙겨주기를 바라서는 안 된다. 감나무 밑에서 감 떨어지기를 기다리지 말고 스스로 행동에 나서야 한다.

그대가 중간층이라면 어떤 일에 분노하기 전에 심사숙고해야 한다. 기득권자의 횡포가 마땅찮다고 체제 전복을 시도한다면 기득권자와 함께 몰락할 수도 있다. 아무리 화가 나더라도 냉정하게 판단하고, 한 발 한 발 서서히 나아갈 일이다. 결코, 아무것도 가진 것 없는 질풍노도의 젊은이가 되어서는 안 된다. 가진 것을 지키면서 좀 더 나은 사회로의 변혁을 서서히 시도해야 한다.

질주할 것인가, 걸어갈 것인가, 현 위치를 사수할 것인가? 자신의 위치를 확인하고 무엇이 생존과 번영에 유리할 것인지 선택해야 한다. 그대의 선택은 무엇인가?

2021. 2. 28.(일)

부동산대책

LH(토지주택공사) 직원의 100억 원대 택지 부동산 투기 의혹으로 나라 전체가 법석이다. 문재인 정권 출범부터 부동산 가격 안정을 목표로 정책을 시행하였으나, 오히려 더 오르는 기현상에 좌불안석인 정부에 폭탄을 터뜨린 격이다.

매매와 토지분할 방식, 묘목 이식까지 택지 선정에 따른 보상을 상세히 아는 전문 투기꾼 수완이었다. 더구나 투기 의혹이 제기된 토지주택공사 직원 상당수가 보상업무를 담당하고 있어 논란이 뜨겁다.

집값을 중심으로 한 부동산 가격 안정은 역대 정부의 뜨거운 감자였으나, 어느 정부도 성공하지 못한 미지의 영역이다. 단순하게 집값을 잡자면 간단한 문제다. 그럴 수 없는 데 딜레마가 있다.

집값을 하향 안정화하려는 목적이 강력하다면 부동산에 대한 세금을 더 걷으면 된다. 문제는 집값 상승은 곤란하지만, 폭락은 더 큰 문제라는 데 있다. 일본의 부동산 거품 붕괴 이후 아직도 경기 침체에서 벗어나지 못하고 있다. 이른바 잃어버린 30년이다. 한번 동력이 끊기자 투자 의욕이 상실되어 백약이 무효다. 인구 감소와 청년 실업이 맞물려 경제 성장 엄두를 못 내고 있다. 집값을 잡아야 하는 것은 표심을 잡기 위한 구호에 가깝고, 일본의 전철을 따르지 않는 것이 더 큰 과제다.

부동산 안정 대책을 내놓지만, 경제 성장도 해야 하고 표심도 잡아야 한다. 알맹이 없는 정책이 될 수밖에 없다. 게다가 국민은 예방 접종을 수십 차례나 받은 상태다. 정부의 의도나 국민의 부에 대한 욕망을 잘 아는 투자자는 거침이 없다. 이것 잡으면 저것 사고, 저것 잡으려고 하면 다른 곳으로 몰려간다.

혹자는 정부를 탓하고 정책을 탓한다. 부질없는 짓이다. 어떤 정부, 어떤 장관도 경제 성장을 지속하고 표심을 잃지 않으면서 부동산 가격 안정을 이룰 수는 없다. 아무리 공약(公約)해도 공허한 메아리다. 공약(空約)이 될 수밖에 없다.

물론 언제까지 무작정 오를 수는 없을 것이다. 인구 감소가 예상되므로 언젠가는 거품이 꺼질 것이다. 그렇더라도 코로나바이러스에 따른 경기 위축도 주식이나 부동산 가격을 억제하지 못하고 상승하는 판에 국민은 이익에서 소외되는 걸 원치 않는다. 투기든 투자든 누가 뭐라 해도 남 벌어들일 때 손 놓고 손해 볼 수는 없다. 내가 샀을 때 폭락하지만 않으면 그만이다. 경기 후퇴를 막기 위해 금리를 내리고 돈을 푼다. 투자처가 없는 돈은 주식과 집값을 끌

어올린다. 악순환이다.

이제는 정부 대책 발표가 오히려 부동산 가격폭등 기폭제가 되는 양상이다. 잠잠하다가도 건드리면 더 커진다. 정부 정책담당자는 골머리가 아플 것이다. 이젠 어설픈 정책이 답이 아니다. 거시적인 목표를 세워야 한다.

집값이 젊은이의 연애와 결혼과 출산을 포기하게 하는 주원인이고, 출산율 증가와 인구 감소 방지가 최대 현안이라면 집값 안정은 필수적이다. 경제성장을 위하여 부동산 폭락도 안 된다. 여러 복잡한 정책을 쓸 필요 없다. 국민이 그 의미를 알 수도 없고, 알아도 피해간다. 오직 큰 틀의 정책을 정하고 10년, 20년 꾸준히 시행하는 것이다. 총선이나 대선 표심 유도를 위하여 변경해서는 안 된다. 정권이 바뀌어도 유지해야 한다.

재산세나 양도세를 한꺼번에 올려 경제에 타격이 있다면 그 효과에 시간이 걸리더라도 매년 일 퍼센트씩 증세하는 법을 제정하는 것이다. 처음에는 반신반의하며 눈치를 보겠으나 5년 후에는 달라질 것이다. 5년 동안 오 퍼센트가 상승하고, 향후 매년 재산세가 오를 것이 확실하다면 생각이 바뀔 것이다. 시행 중 부동산 가격폭락 기미가 보이면 제도 중지나 유예 등의 방법이 있다.

LH 직원이 공기업의 정보를 이용하여 부동산 투기를 하였다면 관련 법을 적용해 엄벌해야 한다. LH 직원 전수 조사뿐만 아니라 전 공무원 투기 여부를 확인하는 것도 좋다. 그보다 더 중요한 건 국민의 의식을 바꾸는 것이다. 부동산 투기가 가장 돈 벌기 쉬운 방법이란 걸 불식시키는 일이다. 지구상에서 대한민국이 가장 먼저 사라지리라는 불길한 예상을 제쳐두고라도, 우리 자녀가 삼포(三抛) 오포(五抛)를 넘어 칠포(七抛) 세대로 자조하는 것은 막아야 하지 않겠는가? 부모 세대가 아무리 큰 부를 축적하더라도 후손이 단절된다면 무슨 의미가 있는가?

후손을 위하여, 우리 자신을 위하여 지금 현명한 판단을 내려야 한다. 자발적으로 국민이 부동산 투기 유혹에서 벗어난다면 더할 나위 없이 좋겠으나, 불가능하다면 연도별 세금 인상이라는 장기 대책이라도 수립하여 부동산 불패 신화라는 허울 좋은 모래성을 허물어트려야 할 것이다. 더 늦기 전에 당장 결정해야 한다.

2021. 3. 4.(목)

—
용꿈
—

서민은 돼지꿈을 꾸고 싶습니다.
돼지꿈이 재운이라는데
돈 많이 버는 꿈이 돼지꿈이라는데
돼지꿈 꾸고 돈 많이 벌어서
남처럼 호의호식하고 싶습니다.

큰 사람은 용꿈을 꿉니다.
용 돼서 창천을 마음껏 활개 치고 싶습니다.
힘들게 살 때는 돼지꿈을 꾸려고 하지만
살 만하면 용꿈을 꿉니다.

용은 좋습니다.
호의호식은 기본이고

무소불위 권력으로 지배할 수 있습니다.
잘나가는 사람이 비굴하게 굽신거릴 때
기분은 최고조에 이릅니다.
인간이기에 신이 누리는 기분을 알 수 없지만
신의 마음을 알 듯도 합니다.

용상에 있을 때는 찬란한 영광에 뿌듯하지만
자리에서 내려오면 비참해집니다.
그렇게 굽신거리던 사람이 언제 그랬냐는 듯
딴청을 부립니다.
등에 비수를 꽂습니다.
용은 살아서는 만물을 지배하는 영물이지만
죽어서는 바이러스나 박테리아와 차이가 없습니다.

역사는 반면교사입니다.
앞서간 사람은 많은 교훈을 남깁니다.
아이러니하게도 그대로 따라 합니다.
잘하는 것도 따라서 하고
못하는 것도 따라 합니다.
어제도 오늘도 내일도 칭찬 받고 욕먹는 사람은 공존합니다.

삶을 아름답게 마무리하는 수순(手順)도

비참한 말로도 모두가 알고 있습니다.

아름다운 마무리는 따라 하는 것이 당연하겠지만

비참한 말로마저 닮을 필요가 있을까요?

차기 대통령 후보 지지율이

윤석열, 이재명, 이낙연, 안철수, 홍준표, 나경원, 정세균순이랍니다.

그 외에도 용꿈 꾸는 사람은 많습니다.

궁금합니다.

어떤 생각으로 용꿈을 꾸는지

앞선 용들과는 달리 아름다운 마무리가 가능하다고 생각하는지

용꿈이 진정 자신의 꿈인지

여론조사 결과에 흥분하여 꾸는 꿈은 아닌지

무척 궁금합니다.

지속해서 높은 경제 성장률은 허구입니다.

청년실업은 구조적입니다.

정책으로 명문대 진학 희망을 막지 못합니다.

집값, 땅값은 건드릴수록 커집니다.

저성장, 자동화, 실업률 증가는 세계적 추세입니다.

누가 대통령이라도 막을 수 없습니다.

그러니 막는다고 하면 안 됩니다.

다소 차이는 있을 겁니다.

확실치 않은 그 차이가

자신이 대통령이 되어야 할 필연입니까?

다른 사람보다 정직하고 윤리적이며

올바른 판단과 공정한 행정으로 국민을 행복하게 할 수 있습니까?

주변 사람이나 강성지지자들의

부정부패, 부조리나 횡포를 완벽하게 막을 수 있습니까?

그렇다고 답변하면 안 됩니다.

그건 누구도 불가능한 일이기 때문입니다.

5년간 권력의 축복을 누리다가

많은 이가 큰 집으로 갑니다.

가슴 아프지 않습니까?

본인뿐만 아니라

가장 사랑하는 가족 친지 친구 선후배 지지자들이

불명예스러운 삶을 살아야 한다는 사실이.

용꿈을 꾸려면 먼저 용의 일생을 알아야 합니다.

용이 될 수 있다고 용이 되어서는 안 됩니다.

용의 말로가 서민보다 비참하다면

설령 선거에서 이겨 용이 될 수 있더라도

견디기 힘든 진흙탕 싸움할 필요는 없습니다.

자신과 주변 대부분 사람이 불행해질 걸 예견하면서도
그 길을 가야 할 당위성이 있을까요?

 자신을 돌아봐야 합니다.
용꿈이 정말 자신의 간절한 소망인지
이익을 바라는 주변 사람의 강압에 못 이긴 건 아닌지
여론조사 결과에 따라 단지 당선 가능성만으로 환상을 좇는 건
아닌지.
두 번 걸을 수 없는 인생이기에
심사숙고해야 합니다.

아름다운 삶의 마무리는 과연 무엇인가?

2021. 3. 18.(목)

검찰개혁

검찰은 개혁에 순응해야 한다. 아니 순응 차원을 넘어 지난 과거에 대하여 반성하는 마음이 있다면 스스로 잘못된 제도와 관습을 척결해야 한다. 외부에서 볼 수 있는 잘못은 한계가 있다. 검찰 스스로 검찰 아닌 제삼자의 눈으로 본다면 엄청난 잘못이 명확하게 보일 것이다.

야당과 일부 국민이 정부에 반발하는 것은 검찰개혁에 반대하는 게 아니다. 다른 정치적 목적과 개인의 이익에 따른 것이다. 국민은 누구나 과거 검찰이 법에 따라 움직이지 않았다는 걸 안다. 수사와 기소와 구형 권한을 가진 검찰은 과거 모든 잘못된 사법 판결에 책임이 있다. 판사도 일부 책임이 있으나 판결 권한이 검사와 변호사가 주장하는 범위 내로 한정한다면, 무죄를 범죄자로, 범법자를 무죄로 조작할 권한을 가진 검사와 차원이 다르다.

이승만 정권 시절 안두희가 처벌받지 않고 조봉암이 사형된 것,

박정희 정권 시절 인혁당 사건으로 8명이 사형된 것은 정권의 의도와 압박이 있었더라도 대부분 검찰 책임이다. 법을 집행하는 사람이 개인의 영달을 위하여 권력에 아부하거나 충성한 것이다. 죄 없는 사람이 사형되었다면 당시 관련 검찰은 살인자다. 살인죄를 범한 당시 검찰은 어떤 처벌을 받았는가?

검찰을 시녀로 거느리고 온갖 악행을 자행한 독재정권 이후 김영삼·김대중·노무현·이명박·박근혜·문재인 정부까지 모든 정부가 검찰개혁을 공약하고 시도한 것만 봐도 개혁의 당위성은 충분하다. 모든 정부가 시도했으나 검찰의 강력한 저항과 내부 단합으로 기득권을 지켜냈다. 개혁은 실패했고 검찰은 승리했다. 국민의 뜻을 저버린 검찰이 승리자라고 자처할 수 있는가? 전 국민이 마음속으로 저주한다 해도 웃으면서 권한 유지를 자축할 것인가?

검찰은 국민 마음을 읽어야 한다. 국민이 정치인은 대놓고 욕하면서 검찰이나 언론을 욕하지 못하는 건 두려워서다. 정치인이 개인에게 피해를 주기 위해서는 검찰이나 경찰을 통해 우회해야 하나 투명한 정보화 사회에서 사실상 불가능하다. 검찰이나 언론은 자체 권력으로 개인의 사회적 매장이 가능하다. "쟤 누구야, 한번 털어봐." 검찰이나 언론에서 이런 말이 나오는 순간 개인이 살아갈 공간은 사라진다. 검사나 기자 앞에서 몸을 굽히고 싫은 소리를 않는 것은 그의 사고와 행위가 고결해서가 아니라 후환이 두려워서다. 똥은 더러워서 피하지만 검찰이나 언론은 두려워서 피한다. 대한민국 국민 다수가 이 말에 동의할 것으로 생각한다.

역대 정권이 시도하였으나 실패한 검찰개혁을 현 정권이 끝까지 물고 늘어지는 것은 노무현 전 대통령 서거의 실질적 책임자라는 판단 때문이다. 국민은 알고 싶으나 알 수 없다. 정권의 수사 압력이 있었는지, 검찰 상층부의 권력에 대한 아부였는지, 일선 검사의 영달 야욕에 따른 무리한 과잉 충성이었는지 말이다. 그 어떤 것이라도 최종 책임은 검찰이다.

노무현 전 대통령의 혐의가 사실이라고 하자. 초보 검사 외 모든 검사나 300명 국회의원이나 1급 이상 공무원 중 그 정도 혐의가 없는 사람이 얼마나 되겠는가? 누구라도 털면 나는 먼지를 죄라고 우긴다면 할 말이 없다. 그렇다면 살아있는 사람은 모두 죄인이다. 누군가 엉뚱한 트집으로 고소하고 전 방향에서 털어댄다면 모두가 죄인이 될 수밖에 없다.

검찰개혁이 마음속으로 내키지 않는 비열한 검사라도 거부해서는 안 된다. 왜 하필 지금이고 우리가 대상이냐고 불평해서는 안 된다. 운이 없다고 툴툴대서도 안 된다. 개혁 시기와 대상은 우연이었으나 이미 완료되었어야 할 것이 자신이나 과거 동료의 기득권을 놓지 않으려는 탐욕으로 미루어졌을 뿐이다.

경찰 권력이 거대해지는 것을 염려하는 사람도 있다. 국민이 우려할 부분이긴 하지만 검찰이 할 말은 아니다. 검찰은 어떤 말을 해도 국민은 불신한다. 검찰 조직에 피해가 가고 더 큰 개혁을 주장하는 것이 아닌 한 국민은 믿지 않는다. 경찰에 문제가 생기면 그때 가서 재검토하고 조정하면 된다. 지금은 과거에 시도했던 모든 개혁과제를 완료해야 한다.

　당장은 권력 상실에 따른 떡고물이 사라져 서운하거나 괴롭겠지만 먼 훗날 국민의 신뢰를 회복한다면 오히려 웃게 될 것이다. 만나는 사람이 두려움에 떨며 가장하는 웃음이 아니라 공경하는 마음에서 몸을 굽힌다면 검사로서 보람차지 않겠는가? 국민의 존경과 사랑을 받는 것이 진정한 성공 아니겠는가?

2021. 4. 4.(일)

대의명분(大義名分)

대의명분은 사람으로서 마땅히 지켜야 할 도리다. 개인이나 단체가 자신의 정당함을 알리기 위해 내세우는 이념이나 철학이다. 세상을 지배하는 원리가 이익이라도 타인을 설득하기 위해서는 자신의 이익을 감추고 명분을 앞세워야 한다. 주장하는 명분이 타당할 때 상대는 자신의 손실을 감수하고라도 따를 수밖에 없다. 개인이 이익을 앞세워 공동체의 위기나 피해를 방관할 수 없다. 대세를 따르지 않는 자는 공동체 내에서 존재하기 어렵다. 싫든 좋든 대의명분은 따를 수밖에 없다.

4·7 서울 부산시장 보궐선거가 끝났다. 선거 전 여론조사대로 보수 야당의 압승으로 결정되었다. 약간의 차이가 아니라 이십 퍼센트를 전후하는 엄청난 차이였다. 선거 역사상 서울에서 이 정도 표차는 거의 유일할 것이다. 세월호 참사와 박근혜 전 대통령 탄핵 이후 지리멸렬했던 보수세력은 극적으로 재기에 성공했다.

여당의 선거 패배 원인은 표면적으로는 문재인 정부가 주요 공약으로 내세웠던 부동산정책 실패, LH 직원 택지투기, 우상호 임종석의 박원순 전 시장 옹호 발언이었으나 본질은 원칙을 어긴 당헌 개정과 소수 강성지지자를 대변한 결과였다.

더불어민주당은 문재인 대통령이 당 대표였던 시절 '당 소속 선출직 공직자가 부정부패 사건 등 중대한 잘못으로 그 직위를 상실해 재·보궐선거를 하게 되면 해당 선거구에 후보자를 추천하지 않는다'라는 당헌을 만들었다. 천만뜻밖에도 오거돈 부산시장이 성추행으로 사퇴 후 얼마 지나지 않아 성희롱 논란에 휘말린 박원순 서울시장의 자살로 서울시장과 부산시장이 모두 공석이 되는 초유의 사태가 벌어졌다. 당헌대로 보궐선거에 무공천할 경우 경쟁 상대인 국민의힘의 어부지리가 명약관화하였다. 자신의 손실도 손실이지만 남 잘되는 꼴을 볼 수 없었던 민주당은 당헌을 바꾸는 무리수를 두면서까지 서울 부산시장에 공천하였다.

물론 오늘의 결과를 예측하였다면 배가 아프더라도 원칙을 지켰을 것이다. 그러나 최근 네 번의 선거에서 압승했던 여당은 스스로 무슨 짓을 하더라도 선거에서 이길 자신이 있었다. 민주당 강성지지자의 당헌 개정 주장도 있었다. 민주당은 눈앞의 이익을 잡기 위해 강경파의 주장을 따랐다. 숲속에서 산을 보지 못하는 오만의 극치였다.

국민은 둘로 나뉘었다. 선거마다 비슷한 결과를 보이는 표심은 공고해 보였다. 그러나 결과가 둘로 나오는 것일 뿐 자세히 관찰하면 각 삼십 퍼센트의 양극 사이에 사십 퍼센트의 중도가 있다. 최근 일련의 사태가 한쪽으로 표를 쏠리게 했을 뿐이다. 삼십 퍼센트의 지지층 내에서도 강성지지자는 십 퍼센트 미만이다. 강경파는 언제나 목소리가 큰 게 특징이다. 침묵하는 다수에 비해 더 많은 지분을 차지한다. 문빠나 일베는 숫자로는 미미하다. 그러나 온 오프라인으로 왕성한 활동을 하는 그들은 전체를 대변한다. 침묵하는 다수를 가리는 착시효과지만 개인이나 단체가 그 사실을 가려내기란 쉽지 않다.

　부동산 가격 안정 실패, LH 직원 택지투기, 박원순 전 시장 옹호 발언은 표면상의 이유일 뿐이다. 부동산 가격 안정을 실현하지 못한 것과 LH 직원 택지투기는 어제오늘 일이 아니다. 주택가격 안정은 역대 모든 정부의 목표였으나 실현하지 못했고, 정부 요인이나 공무원 주택공사 담당자의 땅 투기는 근원을 알 수 없을 정도로 뿌리 깊다. 현 정부의 잘못으로 매도할 수 없는 사안이다. 박원순 전 서울시장은 보궐선거를 있게 한 장본인이라는 점에서 그에 대한 옹호 발언은 분명한 실수지만, 표심을 바꾸는 빌미일 뿐 패배의 근본 원인이라고 볼 수는 없다. 본질은 민주당이 대의명분을 저버린 것이다.

　지난 총선에서 국민의힘에 부화뇌동하여 위성 정당을 만든 점, 당헌을 바꾸면서까지 보궐선거에 뛰어든 게 원칙을 저버린 행위라고 생각한다. 국민은 대의명분을 버리고 눈앞의 이익을 택한 정부 여당을 심판하였다.

　민주당의 오판이 보궐선거 패배를 불렀던 것처럼 국민의힘도 오
판해서는 안 된다. 오늘의 압도적 승리는 보수 야당이 잘해서가 아
니다. 여당도 야당도 마음에 들지 않는 중도세력이 더 싫은 당을
피하여 덜 싫은 당을 선택한 것뿐이다. 스스로 매력적인 정당이
될 능력이 없다면 가장 혐오하는 정당이 되지 않는 게 차선책이다.

　국민이 싫어하는 것이 무엇인가? 바보가 아닌 이상 국민도 정치
인과 마찬가지로 세상의 변화를 목도(目睹)하고 있다. 아무리 선전
선동해도 불가능은 가려낸다. 선진국에서 추세가 된 청년실업·양
극화·저출산을 완전히 해소할 수 있다거나 남북관계 개선을 호언
(豪言)해서는 안 된다. 청년실업·양극화·저출산 억제나 최소화 방안
을 내놓아야 한다. 남북관계는 우리 의지만으로 해결될 사안이 아
니다. 외부 요소가 더 크게 좌우한다. 외부 요소까지 장담하는 것
보다는 스스로 할 수 있는 방침을 밝히는 것으로 충분하다.

　오늘 선거 결과로 보수세력은 환호하고 개혁세력은 침통하겠으
나 1년 후 대선 결과도 현재의 분위기가 유지될지는 미지수다. 이
제까지 선거 결과가 스스로 잘해서가 아니라 상대편의 자충수에
편승한 승리였다면 추구해야 할 방식은 단순하다. 무엇으로 현혹
할 것인가보다 혐오감을 덜어내는 것이다. 당면과제가 누구라도
쉽게 해결할 수 없는 것이라면 이익을 위하여 조령모개(朝令暮改)하
는 것보다 대의명분을 지켜야 한다. 정당의 대의명분이 당헌과 정
강 정책이라면 상황에 따라 수시로 바꾸거나 위배하는 말과 행위
를 자행해서는 안 된다.

2021. 4. 8.(목)

패권경쟁

    인간은 다른 생명체에 비교하여 개체 측면에서 우월하지 않으므로 사회생활은 필연이다. 개체가 우월하지 않다면 단합해서 상대를 물리쳐야 한다. 개미나 벌이 군집 생활하고 많은 종류의 동물이 집단생활을 하나 소통능력에서 인간에게 뒤져 생존 경쟁에서 밀려나게 되었다. 인간은 뛰어난 소통능력과 사회생활로 만물의 영장이 되었다.

    다른 동물이 경쟁 상대에서 밀려나자 인간의 생존 경쟁자는 인간으로 국한되었다. 누가 더 거대한 규모의 집단을 구성하여 효율적으로 통제하느냐가 승부의 열쇠였다. 인간 간의 경쟁 시대, 본격적인 패권경쟁이 시작되었다.

    유럽에서는 트로이와 그리스, 그리스와 페르시아가 패권경쟁의 서막을 열었고, 인류 문명의 기원인 메소포타미아에서는 바빌로니아 아시리아 이집트가 흥망 했다. 중국에서는 춘추오패와 전국

칠웅이 패권을 다투었으며 진시황에 의하여 최초 통일 제국이 되었다.

패권은 한 집단이 다른 집단을 군사·경제·문화적으로 지배하거나 막대한 영향력을 끼치는 걸 말한다. 제한된 자원과 공간에서 살아가야 하는 생명체의 특성상 경쟁은 피할 수 없다. 선악 시비를 떠나 생존해야 하는 당위성에서 패권을 추구하지 않을 수 없다. 현존하는 인류는 대부분 역사상 어느 순간 패권을 장악했던 제국의 후예다.

세상 만물의 변화와 마찬가지로 패권도 역사의 흐름과 함께 바뀔 수밖에 없다. 중국에서는 이백 년 주기로 왕조가 명멸하고 혼란기가 반복되었으며, 중동에서는 백 년 주기로, 유럽에서는 천년 제국을 자랑하던 로마 멸망 이후 완전한 패자 없이 군소 국가가 난립하는 상태였다. 역사적으로 쉬지 않고 이어온 패권경쟁은 오직 군사력에 의해서였다. 국가 규모나 경제력은 군사력 앞에 큰 도움이 되지 못했다.

르네상스 시대 이후 급격히 발달한 과학을 기반으로 유럽 제국(諸國)이 급신장하였다. 유럽의 팽창은 지역별 패권 국가를 일소하고 하나의 세계를 만들었다. 네덜란드와 스페인에 이어 18세기 산업혁명의 힘으로 영국이 패권을 장악하였다. 세계 사분지 일을 장악한 영국은 해가 지지 않는 나라로 영원할 것 같았으나, 두 번의 세계대전 이후 급속히 몰락하여 미국에 패권을 내주었다. 영국이 지구를 지배한 기간은 불과 이백여 년이다.

2차 세계대전 이후 패권을 잡은 미국은 최초로 군사력이 아닌 경제력으로 패권을 잡았다. 이전 패권 국가와 전쟁을 치르지 않은 첫 번째 사례다. 70여 년째 패권 국가로 순항 중이나 위기가 없던 건 아니었다. 현재는 압도적 패권 국가이나 80년대에는 거센 도전에 직면하였다. 군사력에서는 구소련이, 경제력에서는 일본이 위협하였다.

일본은 면적에서는 스무 배 이상, 인구에서는 두 배 이상 차이로 규모에서는 미국과 상대가 되지 않았으나, 국민소득으로는 거의 턱밑까지 추격하였다. 위기의식을 느낀 미국은 선진 5개국과 플라자 합의를 통하여 엔화를 강제로 절상(切上)하였다. 엔화 가치 상승으로 부동산 가격이 폭등하고 제조업은 가격 경쟁력을 상실하였다. 부동산 거품 붕괴 이후 30년간 일본 경제는 제자리걸음이다. 일본은 미국의 패권 경쟁국에서 물러났다.

80년대 레이건 미국 대통령은 소련의 취약한 경제력에 착안하여 무제한 군비경쟁을 일으켰다. 소모적인 군비경쟁에 몰두하던 소련은 마침내 견디지 못하고 연방을 해체하였다. 러시아가 대신하고 있으나 땅 넓이 외에는 이미 미국에 상대가 되지 않는다. 러시아도 미국의 패권 경쟁국은 아니다.

현재 경제 규모 2위는 중국이다. 개인 소득은 낮으나 엄청난 인구가 세계 두 번째의 경제 대국을 만들었다. 규모로는 이미 미국의 칠십 퍼센트에 이르렀다. 80년대 일본 수준으로 위협적이다. 패권 국가 지위에 위기의식을 느낀 미국이 칼을 빼 들었다. 미중 무역

전쟁이 트럼프의 비정상적 성격 탓으로 오인하는 사람이 있으나, 미중 무역 전쟁은 필연이다.

현재 미국이 제조업 강국은 아니다. 수출 품목이 군사 장비와 몇몇 IT 기기 외에 내세울 게 없다. 40년 이상 무역과 재정 쌍둥이 적자에 시달리고 있다. 무엇으로 패권 국가를 유지하는가? 강력한 군사력이 아니다. 경제가 뒷받침하지 않는 군사력은 사상누각이다. 구소련의 몰락이 상징한다. 미국의 패권 기반은 달러, 즉 세계의 기축 통화다.

미국은 달러를 생산해서 경제를 지탱한다. 세계 경제가 팽창할수록 유통화폐는 증가한다. 세계 경제 성장의 몫은 고스란히 미국으로 돌아간다. 미국은 물건을 만드는 게 아니라 돈을 만들어 국민 경제를 이끈다. 미국의 패권 위협 요인은 무엇인가? 달러가 기축 통화 위상을 상실하는 것이다.

유럽에서 그 사실을 알고 경제적 통합으로 유로화를 만들었으나 미국의 견제와 유로 국가 내부 문제로 기축 통화 도전에 힘겨운 상황이다.

중국은 다르다. 공산당의 강력한 일당 독재로 정책이 일사불란하다. 성장 가능성도 아직 여유가 있고, 연평균 성장률은 다른 선진국과 비교가 안 된다. 그대로 두면 몇 년 내 경제 규모로는 미국에 도달할 것이다. 미국이 두려운 건 중국의 경제 규모가 미국을 추월하는 게 아니라 기축 통화 상실의 위험이다. 미국이 기축 통화 위치를 유지하는 가장 큰 이유는 세계에서 차지하는 경제 비중이다. 경제 규모 역전을 허용할 수 없는 미국은 화웨이를 통신장비 보안 문제를 내세워 제재하였으나, 그 이유를 알만한 사람은 다 안다. 공식적으로 표현하지 않을 뿐이다.

핵무기를 가진 상대를 군사력으로 제압할 수 없다면 다른 수단을 강구할 수밖에 없다. 현재 세계는 위기다. 코로나바이러스로 마비된 경제보다 미중 무역 전쟁의 불확실성이 더 큰 위협이다. 칼을 빼 든 미국도, 그 미국을 상대해야 하는 중국도, 정확히 사이에 낀 한국도, 영향에서 피할 수 없는 모든 나라도 크나큰 위기다. 미국이 80년대처럼 위기를 돌파할지, 중국이 위협과 도전을 극복하고 패권 국가의 위치에 도달할지 누구도 모른다. 미국이 당장은 중국을 굴복시키더라도 머지않아 새로운 위협이 대두할 것이다. 인도일지 한국일지 알 수 없다. 선두를 추격하는 자는 언제나 있게 마련이다.

인간의 생로병사와 마찬가지로 국가의 흥망성쇠도 거부할 수 없는 필연이다. 인간과 국가가 존재하는 한 패권 경쟁도 필연이다. 가장 덩치 큰 미국과 중국의 패권 경쟁에 지리, 정치, 경제, 군사, 문화적으로 한가운데 낀 대한민국의 미래는 어떠할 것인가? 과거에는 대처를 잘했다기보다도 운이 좋았는지도 모른다. 일본 제조업의 몰락으로 그 빈자리를 누리는 행운을 얻었고, 소련의 해체로 공산국가와의 교역이 확대되었다. 한국은 미국의 패권 유지로 가장 큰 이익을 얻은 나라다.

위기는 기회다. 인생에서든 도박에서든 국가적으로든 그 명제는 불변의 진리다. 어떻게 하면 고래 싸움에 새우 등 터지지 않고 생존하면서 승자의 등에 올라탈 것인가? 절체절명의 위기에 선 한국호의 선장은 누가 될 것이며, 이러한 난국을 효과적으로 타개할 것인가? 정치인, 언론인, 검찰, 국민 개인은 당장 눈앞의 이익에 급급할 게 아니라 국가 자체의 생존방식을 고민해야 한다.

2021. 4. 20.(화)

—

유시민과 진중권

—

'남 밟고 1등 하라는 학부모가 되지 말고, 부모가 돼라.'라는 어록을 남겼으며, 민주화운동 당시 수배당한 이에게 은신처와 활동 자금을 지원하면서 '시대의 어른'으로 불렸던 효암학원 이사장 채현국의 타계 소식에 전 동양대 교수 진중권은 6년 전 함께 출연했던 팟캐스트 방송을 떠올리며 통탄했다.

"노유진의 정치카페 녹음실, 거기 계셨던 두 분은 돌아가시고, 유시민은 저 모양이 됐고 나는 이 모양이 됐다. 참 슬프다."

노유진의 정치카페는 정의당 소속 노회찬 유시민 진중권이 진행한 팟캐스트 방송이다. 노유진은 사람 이름이 아니다. 세 사람의 성을 따서 붙인 방송 타이틀이다. 게스트 한 명을 초청하여 호스트 세 명과 자유롭게 대담하는 토크쇼 형식으로 진행하였다. 정치카페인 만큼 정치 관련 내용이 주를 이루었고, 인기가 높아 일주일에 한 번 방송으로 노회찬이 국회의원에 당선하여 종영할 때까지

100회를 방송했다.

고 채 이사장은 2015년 5월 18일 출연하여 '어떻게 살 것인가'라는 주제로 100분간 말에선 지지 않는다는 노회찬, 유시민, 진중권과 대화하였다. 채 이사장은 "노인들이 저 모양이란 걸 잘 봐두어라. 지금 노력하지 않으면 너희들도 저 꼴 된다."라며 눈에 불을 켜고 세상을 똑바로 보고 열심히 살아갈 것을 당부했다.

진중권 전 동양대 교수는 채 이사장의 부고를 접하고 고인과의 추억, 고 노회찬 의원에 대한 그리움, 현재 다른 길을 걷는 유시민과 자신의 관계에 슬퍼했다.

같은 정당 소속으로 노유진의 정치카페 팟캐스트에서 진중권이 운을 떼면 유시민이 논리적으로 정리해서 해설하고, 노회찬이 쉬운 비유로 한 줄 요약하여 찰떡 콤비를 자랑하던 유시민과 진중권에게 무슨 일이 있었던 걸까?

현재는 겉으로 보기에 정반대의 길을 가는 것으로 보인다. 유시민이나 진중권 중 누군가가 세상 사람 말처럼 변절이라도 한 것일까? 혁신의 아이콘이었던 두 사람이 정반대의 주장을 하는 이유는 무엇인가?

현 문재인 정부의 조국 법무부 장관 임명이 단초(端初)였다. 검찰개혁을 부르짖으며 법무부 수장이 되었으나 자녀 입시 비리 등으로 주요 대학교를 중심으로 임명 철회 시위가 시작되었고, 국론 분열의 심화와 대규모 집회 확산으로 임명 35일 만에 사퇴하였다.

조국과 친구 사이기도 한 진중권이었으나 조국 딸 사문서위조 표창장이 본인이 근무하는 동양대에서 일어난 일이었고, 부정한 행위가 있었음을 확신하였다. 유시민에게도 사실을 알렸으나 유시민은 조국 법무부 장관과 정부 여당을 비호하는 발언을 멈추지 않았다. 소속 정당인 정의당마저 모호한 태도에 분격한 진중권은 동양대 교수직을 사퇴하고 정의당을 탈당한 후 본격적으로 정부와 여론전을 벌였다.

가장 강력한 우군에서 최악의 적으로 돌변한 진중권은 유시민에게도 정부 여당에도 뼈아팠다. 잃을 것도 구하려는 것도 없는 진중권은 촌철살인과 정곡 일침으로 부당함과 불공정을 공격하였다. 유시민을 직접 언급하기도 하였다. 둘은 돌아갈 수 없는 강을 건넌 것일까?

예상치도 않은 진중권의 정부에 대한 날 선 공격에 진중권을 눈엣가시처럼 여기던 보수 야당과 보수성향 국민은 통쾌해하고 환호하였다. 내가 보기에는 보수세력의 오판이다. 아무리 적의 적은 우군이 된다고 하지만 진중권이 보수가 되기에는 정체가 너무 다르다. 민주당의 부당함에 침묵하는 정의당에 분노할 정도로 열혈 개혁파다.

왜 진중권은 정부 여당을 성토하고, 유시민은 반대로 비호하는가? 그들의 생각은 정녕 다른가? 그렇지 않다. 내가 보기에 유시민과 진중권은 사회적 약자를 대변하고, 복지사회 구현을 목표로 하며, 구악을 일소하는 혁신을 추구하는 본질은 정확히 같다. 다만 같은 목적 같은 목표라도 도달하려는 방식을 달리할 뿐이다.

유시민은 국회의원과 장관 경험이 있다. 이상적인 논리가 있음을 아나 현실에서 선택할 수 없다고 생각한다. 한마디로 정의당이 집권하는 게 더 좋으나, 보수 야당이 집권하는 것보다는 더불어민주당 집권을 원한다. 현 정부의 실정이 있더라도 인정하고 야당인 국민의힘에게 정권을 넘길 수는 없다고 생각한다. 민주당이 최선은 아니지만, 차악(次惡)이라도 최악(最惡)을 피하기 위해서는 보호해야 한다고 믿는다.

진중권은 학자다. 이상을 추구하고 정의와 대의명분을 위해 모든 걸 희생해야 한다고 가르친다. 칸트의 말대로 결과가 좋지 않을 것이 확실하더라도 그 자체로 옳은 일이라면 해야 한다고 생각한다. 집권은 나중 문제고 부당함이나 불공정은 당장 시정해야 한다고 믿는다.

누가 옳은 판단인가 하는 점은 보는 사람마다 다를 것이다. 나는 두 사람 모두 자신이 옳다고 생각하는 바를 최대한 실천한다고 생각한다. 최악을 피하려고 차악(次惡)을 선택한 유시민과 악 자체를 멀리해야 한다는 진중권은 생각이 다른 게 아니라 현실론과 이상론의 차이라고 생각한다.

겉으로 보이는 행위의 차이에도 두 사람 모두 일정한 역할을 하고 있고, 사회에 필요한 사람이다. 다만 보수도 개혁도 아닌 보수적 개혁주의자를 자처하는 내 견해로는, 모든 사물에 본질적인 시비선악이 결정되어 있지 않다면, 최악이나 차악은 유시민 개인의

판단일 뿐이며 최악을 피하기 위한 차악의 선택보다는 최악이든
차악이든 악 자체를 부정하는 진중권의 주장에 더 공감한다.

2021. 4. 23.(금)

젊은 보수정당 지도자

◊ 세대교체론

시간은 모든 걸 바꾼다. 제행무상은 존재하는 것 중 시간을 이겨 변하지 않는 것은 없다는 걸 말한다. 구태여 인위적으로 바꾸려고 하지 않아도 때가 되면 바뀌는 것이 세대교체다.

요즘 세대교체론이 뜨거운 화두다. 6·11 제1야당 국민의힘 당 대표 경선에서 서른여섯 국회의원 경험이 없는 이준석 후보의 돌풍이 정치계 태풍의 눈으로 떠올랐다. 국회의원 지역구 선거에서도 번번이 낙선한 그가 갑자기 떠오른 이유는 무엇인가?

사실 세대교체론은 어느 시대 어느 나라나 있게 마련이다. 아무리 참신했던 인물도 같은 자리에 오래 머무르다 보면 타성에 젖고 그 환경에 적응하는 과정을 거친다. 부정부패로 말로가 비참했던 많은 정치인도 과거 등장할 때는 부패 척결과 공정을 부르짖던 열혈 청년이었다. 시간은 외모만 바꾸는 게 아니다. 정치계에 발을 들여놓는 순간부터 빠르게 정치인으로 변모한다. 진화가 성장이나 발전이 아니라 환경에 대한 적응이라면, 정치계에 들어선 이상 가장 노련한 정치인으로 변신하는 것이야말로 생존을 위한 필수 진화과정일 것이다.

과거 세대교체론이 거세게 일었던 때는 1969년 김영삼 의원이 신민당 대통령 후보 지명대회에 나설 걸 선언하며 내세운 '40대 기수론'이었다. 당시 집권하던 50대 박정희 대통령과 야당보다 훨씬 젊은 여당 국회의원과 싸워 이기려면, 60대가 아닌 젊고 활기찬 40대가 앞장서야 한다는 논리였다. 신민당 유진산 총재는 '정치적 미성년'이나 '구상유취(口尙乳臭: 입에서 젖비린내가 난다는 뜻으로 아직 어리다는 의미)'라는 말로 견제하였으나 대세가 되어 신민당 대통령 후보로 40대의 김영삼, 김대중, 이철승이 출마하였다. 1차 투표에서 과반 득표자가 없어 2차 투표까지 가는 우여곡절 끝에 이철승의 김대중 지지 선언으로 최종 승자는 김대중이었다. 세대교체에 대한 국민의 열망이 불법 관권선거 여파로 1971년 대통령 선거에서 정권 교체에 이르지는 못하였으나 이후 김대중, 김영삼은 한국의 대표 정치인으로 성장한다.

두 번째 세대교체론으로 바람을 일으킨 사람은 1997년 신한국당 대통령 후보였던 이회창 총재였다. 군사정권 시절 청렴한 자세를 유지하고, 서슬 퍼런 독재정권 상황에서도 사회적 약자 편에서 소신 있는 판결을 내림으로써 대쪽이라는 법조인으로 소문났다. 1993년 김영삼 대통령이 국무총리로 임명 후, 대통령 방탄 역할이 아닌 소신 있는 모습으로 국민의 인기를 얻는 데 성공하였다. 대통령과의 마찰로 자진사퇴 하면서 "법적 권한도 행사하지 못하는 허수아비 총리는 안 한다."라는 말로 국민에게 깊은 인상을 남겼다. 그 이회창이 1997년 대통령 선거에서 야당 후보 김대중의 '수평적 정권 교체' 구호에 '3김 청산 세대교체'로 맞섰다. 압승 분위기가 이어졌지만, 이인제의 탈당 후 출마, 자식에 대한 조작된 병풍, DJP 연합, IMF 사태 등 악재가 겹쳐 불과 1.6% 39만 표 차로 낙선하였다. 여러 악재 중 하나만 없었더라도 낙승할 수 있었기에 운명으로 치부할 만하나 세대교체론은 정권교체론에 밀려 실패하였다.

세대교체론으로 바람을 일으키는 건 비교적 쉽지만, 결과를 만들어내는 건 가히 기적 같은 일이다. 정치인으로 오랜 시간을 보낸 자체가 이미 구습과 구태로 굳어지고 국민의 신뢰를 잃는다는 데서 국민의 세대교체 희망은 불변이다. 문제는 국민의 희망에도 단단하게 자리한 압도적 다수 기득권을 넘기에는 부족하다는 사실이다.

대한민국 과거 40년은 산업화와 민주화 세대로 통칭 되는 베이비부머와 586세대가 주역이었다. 그들의 성장과 활약에 따라 정치·경제·사회·문화가 바뀌었다. 현재도 사회 가장 높은 곳에 자리하여 우월한 권한과 부를 누리고 있다. 높은 집값에 연애, 결혼, 출산을 포기하는 삼포 세대라고 자조하고, 청년실업에 내몰린 청춘은 기득권이 노력으로 이룩한 성과에 대한 찬사보다 현재 불평등과 불공정에 분노한다. 세대교체를 열망한다.

생물학적 젊음이 꼭 혁신은 아니다. 그래도 이미 겪어서 실망한 사람보다는 기대할 수 있을 것이다. 지금 젊은이가 느끼는 애환 자체를 경험한다는 데서 얻는 공감이 가장 큰 무기다. 이준석 후보 돌풍은 국민의힘 소속 원로만 떨게 하는 게 아니다. 미풍이 태풍으로 돌변하는 순간 거의 모든 기득권층을 날려 보낼 수 있다. 그래서 이준석 후보의 돌풍을 모든 기득권층이 불안한 시선으로 바라보지만, 헤어날 수 없는 현실에 좌절하는 젊은이와 정치권이 구태의연에서 벗어나기를 바라는 국민은 호기심 어린 모습으로 바라보고 있다.

도전은 언제나 어렵다. 기존 챔피언뿐만 아니라 챔피언을 노리는 기라성같은 후보들이 진 치고 있어서다. 과거 40대 기수론과 세대교체론으로 일으킨 돌풍이 완전한 결과를 내는 데 실패하였으나, 오랜만에 다시 일어난 세대교체 열풍이 고착된 지역갈등이나 남녀, 세대, 좌우, 빈부, 갈등을 모두 날려버리는 거대한 태풍으로 성장하길 기대한다. 이준석 후보뿐만 아니라 큰 뜻을 가진 모든 젊은이가 떨쳐 일어나 산적한 문제를 새로운 사고와 열정으로 타파하고 대한민국을 한 단계 더 도약시키기를 바란다.

2021. 6. 1.(화)

◊ 이준석 돌풍

이준석 전 미래통합당 최고위원의 돌풍으로 6월 11일 열리는 국민의힘 당 대표선거에 국민의 이목이 집중하고 있다. 지금까지 거대정당 대표는 국회의원 경험이 없더라도 오륙십대 중년이 맡아온 사실을 고려할 때 삼십 대 0선 당 대표가 몰고 올 파장은 예상하기 힘들다. 여야 정당 지지자를 막론하고 주시하고 있는 이유다.

이준석 후보에게 집중된 관심은 온라인 데이터에서도 그대로 드러난다. 이 후보는 검색량에서 타 후보를 능가할 뿐 아니라 유력 대선 주자인 윤석열 전 검찰청장과 이재명 경기도 지사에도 앞서는, 정치권에 하나의 현상으로 떠오르고 있다. 잠잠하던 이준석 후보가 갑자기 부각된 이유는 무엇인가?

우선 시대 상황이다. 어느 시절에도 춥고 가난한 사람은 존재하였다. 상대적으로 부유하거나 궁핍한 사람은 있게 마련이다. 현재는 정도가 너무 심하다. 전 세계적 추세이긴 하지만, 자동화에 따라 사라져 가는 일자리는 기성세대보다는 청년을 직격하였다. 586세대인 나는 취업 걱정을 한 적이 없다. 주변 사람이 걱정하는 것도 본 적이 없다. 직업이나 회사 선택을 고민하였으나 취업 자체는 고민할 필요가 없었다. 세계에서 가장 빠른 속도로 성장하는 나라에서 직업을 구한 베이비부머와 386세대는 일하기 싫어서 실업자가 된 사람은 있어도 직장을 구하지 못한 실업자는 사실상 없었다.

　현재는 취업이 곧 성공이라고 할 정도로 좋은 직장 구하기가 하늘의 별 따기다. 그 책임이 전부 기성세대의 책임이라기보다 기술 발전 추세에 있더라도 젊은이에게는 불만의 표적이 필요하다. 당장 살길이 막연한 젊은이에게 필요한 게 무엇이겠는가? 좌니 우니 하는 이념보다 변화다. 무엇이든 바꾸고 보자는 심리다. 그것이 오랫동안 다져와 공고해진 기득권의 성채를 뒤흔들고 있다. 대한민국은 2002년의 월드컵 거리응원과 촛불시위, 노사모에 의한 노무현 대통령 당선, 2016년 대통령 탄핵에 이어 또다시 거대한 파란을 준비하고 있다.

　시대 상황이 세대교체였고, 삼십 대 0선 의원으로 정치계에 머무른 이준석 후보가 그 수혜자였으나, 결정적인 요인이 있었다. 현시대는 구태여 페미니즘 논쟁을 할 필요가 없을 정도로 국민에게 남녀평등 의식이 자리 잡았다. 개혁 정치계는 아직도 여성을 사회적 약자로 고려하지만, 일부 최고 직위를 제외하면 여성의 힘이 미치지 않는 곳은 없다. 시험으로 결정되는 교사, 공무원, 판검사는 이미 역전된 상황이다. 페미니즘 논란이 사회적 논란이 되지 않는다. 오히려 이십 대 남성이 상대적 소외감을 토로하는 정도다. 이준석은 그 틈을 파고들어 이십 대 남성의 마음을 사로잡았다.

　정곡 일침과 촌철살인 지적으로 상대할 사람이 없을 정도인 진중권 전 동양대 교수와의 페미니즘 논쟁에서 물러서지 않았고, 언론은 대서특필했다. 진중권과 대결해서 물러서지 않을 논객이 누구인가? 날고 긴다는 기라성같은 정객도 모두 꼬리를 내리는 진중권 아니던가? 그 진중권과 맞서 한 발자국도 물러서지 않는 젊은

이를 국민이 주목하지 않을 수 없었다.

사실 진중권이 주어진 상황을 중심으로 한 논리적 언변이 뛰어나지만, 이준석도 과학고를 조기 졸업하고 세계적으로 인정받는 하버드대를 졸업한 수재다. 뜰 기회가 없었을 뿐 재능은 충분했던 셈이다. 언론의 중계로 전 국민이 주목하자 그대로 스타가 되었다. 만지면 커지고 두드리면 단단해지는 집값이나 윤석열 전 검찰총장 사례와 마찬가지로 진중권은 의도하지 않게 이준석을 거인으로 키운 셈이다.

여러 정황이 어우러져 흘러가게 마련이지만, 유리하든 불리하든 기회를 자기 것으로 만들어야 하는 게 생명체의 생존 조건이다. 시대적 상황과 부수 조건을 잘 활용하여 돌풍을 태풍급으로 격상시킨 이준석 후보의 다음 행보가 흥미롭다. 어쨌든 기존 정치인에 식상(食傷)한 국민에게는 새로운 희망이다. 과연 이준석 돌풍은 대한민국 정치 지도를 바꾸고, 정치인과 국민 의식마저 바꾸는 태풍으로 이어갈 것인지 6월 11일 국민의힘 당 대표 경선 결과가 자못 궁금하다.

2021. 6. 7.(월)

◊ 국민의 여망

국회의원 경험이 없는 36세 젊은이가 전통과 경륜을 중시하는
보수정당 대표로 결정되었다. 이제까지 없었던 일이라는 점과 개
혁진영이 아닌 보수정당에서 일어난 일이라고 믿기지 않는 충격적
인 사실이다. 2011년 한나라당 비상대책위원으로 정치에 입문하여
지명도는 있었으나, 국회의원 선거에서 번번이 낙선한 이준석 후보
의 국민의힘 당 대표 경선 승리는 보수 야당뿐만 아니라 여권과 정
치계 전반에 큰 파장이 미칠 전망이다.

돌아보면 20세기는 대한민국이 주인공이었다. 일본에 의한 국가
멸망, 2차 대전 결과에 따른 해방, 이념 대리전쟁이 된 6·25 사변,
민의에 의한 4·19 혁명과 혼란기의 5·16 군사 쿠데타, 한강의 기적
을 일군 산업화와 6·10 항쟁을 통한 민주화 달성, 인터넷 혁명을 이
끈 정보화, 민주화의 결정판인 수평적 정권 교체가 20세기 대한민
국에서 일어난 일이다. 오백 년이나 천 년에 걸쳐 일어난 일이라고
하여도 대단한 일을 불과 백 년 만에 이루었다.

선진국에 진입한 21세기에도 변화와 충격은 계속된다. 지구촌
최초 인터넷 혁명 결과 시민의 자발적 참여로 이루어진 2002년 월
드컵 거리응원과 미선·효순 사망 촛불시위, 노사모에 의한 노무현
대통령 당선을 이루었고, 최초 여성 대통령 당선과 탄핵에 의한 하
야가 최근 20년 21세기에 우리나라에서 발생한 일이다. 아무리 인

터넷이 발달하고 '빨리빨리'를 선호하는 현재 한국인 정서라도 외국인이 놀라기에는 충분한 충격적인 역동성이다.

대통령이 탄핵당하는 보수 정권 실책의 반사이익으로 집권한 더불어민주당 정부의 다양한 노력에도 성과가 충분하지 않다는 게 국민의 판단이다. 보수 대신 선택한 개혁세력도 시원치 않다는 국민 여론은 정권 교체나 세대교체를 넘어 정치판 자체를 바꾸라는 지엄한 명령인지도 모른다. 어떤 강력한 독재자나 재력가의 모의나 사주에도 이룰 수 없고, 불세출의 영웅이 출현해도 만들 수 없는 역사를 국민의 집단지성으로 만들어가는 사실이 믿기지 않고, 어떤 보이지 않는 섭리(신의 조작)일지 모른다는 두려움마저 든다.

많은 위기와 악조건 속에서도 20세기 가장 위대한 국가가 된 한국이다. 대한제국을 정복하여 식민지로 삼았던 일본을 철강·조선·전자산업으로 추월하였고, 국민소득도 추월할 날이 머지않았다. 일본이나 한국뿐만 아니라 세계 어떤 나라도 식민국가가 지배국가를 독립 후 백 년 안에 정치 경제 사회 문화 전반을 따라잡고 추월하리라고 예상하지 못했을 터이다.

기적은 21세기에도 멈출 기미를 보이지 않는다. 위협 요인은 열거하기 어려울 정도다. 경제 규모 역전을 허용하지 않으려는 미국의 대중국 압박으로 발생한 패권경쟁, 끊임없는 북한의 군사도발, 정치적인 이유로 사라질 가능성이 거의 없는 한일갈등은 상수다. 변함없이 대한민국의 전진을 가로막는 장애물이다. 난공불락의 장애물이 여전하지만, 국민의 향상심은 끝이 없다. 그 어려운 와중에서도 발전과 성장과 복지를 외친다. 누구도 충족시킬 수 없이 빠른 속도로 커지는 국민의 열망이다. 엄청난 발전과 성장의 혜택을 누리고 있지만, 대한민국 국민은 아직도 배고프다.

이제 국민은 기존방식이 아닌 새로운 방법을 모색하라는 주문으로 젊은 정치인을 보수정당 대표로 선택하였다. 경험 부족은 과거 실언이나 실수라는 족쇄가 걸림돌이 되지 않는 것으로 상쇄할 것이다. 젊은 보수 지도자가 대한민국 정치 판도를 어떻게 바꾸고, 대한민국 미래를 펼쳐갈지 벌써 기대가 된다.

젊은 정치지도자에게 국민이 가장 바라는 바는 청렴결백과 공명정대일 것이다. 누구라도 권력에 오래 머물다 보면 타성에 젖는다. 그의 잘못이라기보다는 이권을 노린 온갖 기생충을 인간의 능력으로 선별하여 방어하는 건 불가능하다. 그래서 세대교체가 필요하다. 정당이나 정치가 부패하지 않으려면 흐르는 강물처럼 끊임없이 새로운 수혈이 필요하다. 젊은이를 지도자로 선택한 국민의 여망이 그것이다. 부정부패, 불공정, 불평등의 사슬을 젊은 보수당 대표 이준석이 끊어주길 바란다. 아니 지속해서 시도하길 바란다.

구악을 일소하는 것은 일개 정당 대표로 불가능할 수 있으나 망국적인 지역감정의 축소, 상향식 정치문화 구축, 계파정치 청산, 정권 획득을 위한 당리당략보다는 국가 이익에 우선하는 진일보한 미래지향적 정치지도자의 면모를 보여주길 기대한다. 청춘의 무기인 불굴의 의지로, 무모하리만치 주저하지 않는 저돌성으로, 분노마저 태워버릴 뜨거운 열정으로 정치인과 국민을 선도하길 기대한다.

1980년대 미국과 일본의 경제 패권경쟁 중 한국은 산업경쟁력에서 일본을 뛰어넘을 기회를 잡았다. 패권을 두고 미·중이 정면충돌하는 현재도 못지않은 위기다. 고래 싸움에 새우 등 터질 수도 있지만, 가능한 시나리오를 정확하게 예측한다면 상상할 수 없는 좋은 기회다. 젊은 보수 대표에 맞추어 개혁진영과 경제 사회 단체도 사고의 전환과 혁신적인 발상으로 힘차게 비상하는 한국호로 이끌기를 바란다. 20세기에 이어 21세기도 대한민국의 시대로 기록되기를 바란다.

2021. 6. 11.(금)

퇴임 후 행복한 대통령

국민의 관심은 온통 2022년 차기 대통령 선거에 쏠려 있다. 대내외적 당면과제가 산적해 있으나 차기 대통령만큼 관심을 끄는 화제는 없다. 왜 그렇지 않겠는가? 기적적인 압축성장의 성과는 국민 각자 일등을 추구한 산물 아니던가? 일부 국민 노력만으로는 불가능한 일이었으나 전 국민이 각자 최고를 향한 무한 질주 결과 세계가 놀란 대한민국 성공 기적을 일구었다. 대통령이 가장 훌륭하거나 위대한 사람은 아닐지라도 한국인이라면 누구나 노리는 일인자, 꿈 중 꿈이다.

일 년도 채 남지 않은 대통령을 향한 여야 주자들의 출발이 시작되었다. 승자는 단 한 명뿐이지만, 축구에서 토너먼트 승부가 더 짜릿하듯 최후의 일인으로 압축되어 가는 과정은 관전자가 보기에는 흥미진진하다. 물론 당사자야 매 순간 천당과 지옥을 오르내릴 터이다. 주사위는 던져졌다. 출마하지 않았다면 모르지만, 이왕 출마했으니 뒤돌아보지 말고 앞만 보고 뛰어야 한다. 나중에 후회하더라도 우선은 대통령 당선이 지상목표다. 어떠한 수단과 방법을 구사해서라도 이겨야 한다. 이것이 모든 주자의 속마음일 것이다.

대한민국 대통령을 흔히 제왕적 직위라고 표현하지만, 사실적인 표현은 아니다. 선진국 제도를 모방한 만큼 대통령의 권한이 매우 우월하지만 압도적이지는 않다. 과거 권위주의 정권 시절 잔재와 동양의 유교적 전통, 국민의 일인자에 대한 지나친 추종이 빚어낸 촌극일 따름이다. 대통령도 법령에 제한을 받는 권한을 행사한다. 어떤 개인에 위해를 가할 힘은 없다. 그러나 권력을 추종하는 다수 국민이 호시탐탐 지위 상승을 노리기에 아주 적은 권한을 이용하여 거의 모든 걸 장악한다. 과거 권력의 시녀라는 오명을 들어야 했던 검찰이 대표적이다. 이승만이나 박정희 전 대통령에게 무고한 시민을 처형할 권한이 없었음에도 많은 이가 희생되었다.

많은 이가 제왕적 대통령 제도를 비난한다. 내 판단으로는 제왕적 권한의 문제가 아니라 강자에게 빌붙어 이익을 얻으려는 다수 국민 의식이 문제다. 주변의 자발적 과잉 충성이 없다면 대통령 권한은 특별할 게 없다. 외교 안보 분야의 권한은 막강하지만, 국민 개인에게 행사할 권한은 사실상 없다. 아무리 대놓고 비난하는 국민도 처벌하지 못하지 않는가? 제도의 문제가 아니라 전통과 관습과 국민이 지향하는 의식을 수정해야 한다.

현재 두 명의 전직 대통령이 수감 중이다. 과거 잘못과 처벌 사유가 언론에 공개되었으나 국민 다수는 정확하게 알 수 없다. 진영에 따라 서로 반대 주장을 펼치나 나는 정확한 실체를 모른다. 법조계 종사자의 판단이 옳을 것이다. 과연 그러한가? 판검사의 판단이 항상 정의로웠다면 과거 처벌된 사람의 복권은 무엇인가? 중죄를 지었기에 영어(囹圄)의 몸이 되었겠으나, 세계에서 알아주는 성공한 나라 대한민국 대통령의 말로가 안타깝다. 슬프고 아프다.

대한민국 대통령은 재임 시뿐만 아니라 퇴임 후에도 행복할 수는 없는가? 재임 시 누렸던 찬란한 영광은 지속할 수 없더라도 퇴임 후 일반 시민의 소소한 행복을 얻을 수는 없는가? 후임자나 국민의 관용이 아니라 청렴결백하고 공명정대한 업적으로 처벌받지 않는 대통령, 퇴임 후에도 국민에게 사랑받는 대통령이 이어지길 바란다.

당선을 위하여 뜨겁게 경쟁하는 대선 주자에게 바란다. 당장 승리가 중요하겠지만 역사에 밝은 지도자라고 자임한다면 수많은 타산지석을 묵과하지 마시라. 승리의 영광과 희열이 오 년 후 후회와 절망의 탄식으로 바뀐다면 그래도 승리를 갈구하겠는가? 과거 대통령이 이루지 못한 국민의 화합과 협력, 좌우·지역·노사·세대·남녀·빈부 갈등을 해소하겠는가? 어떻게 이길 것인가보다는 국민 갈등 해소와 화합 방안을 찾는 게 우선이다.

대통령이 되고 나서는 전 정권과 어떻게 차별화할 것인가? 처벌이 능사가 아니다. 죄는 마땅히 단죄해야 하나 공무원의 출세 지향적인 심리를 읽어내야 한다. 대통령과 대척점에 있는 인물에 대한 탄압으로 인정을 받으려는 자를 멀리해야 한다. 뇌물만 더러운 게 아니다. 자신의 이익을 위하여 권력에 대한 아부도 똑같이 비열한 짓이다. 전임자에 대한 죄를 묵과해도 안 되지만, 가중처벌을 허용해서도 안 된다.

처벌받은 역대 대통령 죄는 명확했을 것이다. 그러나 정당한 통치행위였음에도 잘못된 판단이나, 주목받지 않는 사람이라면 넘어갈 사소한 비리에도 너무 엄정하게 칼을 들이대지는 않았는가? 침묵하는 다수가 아닌 시끄러운 소수 여론에 지나치게 민감하지 않았는가? 반성할 일이다.

자기가 인류나 우주보다 중요하다고 생각하는 인간 속성상, 자신의 이익을 위한 아부나 보이지 않는 뇌물이 끊이지 않을 것이나, 정의에 대한 뜨거운 열정과 명석한 판단으로 온갖 구악을 선별하고 타파하길 바란다. 국민의 관용이 아닌 청렴결백하고 공명정대한 업적으로 퇴임 후 처벌받지 않기를 바란다. 퇴임 후가 더 행복한 대통령이 되기를 바란다.

2021. 7. 1.(목)

나 / 의 / 조 / 국 / 대 / 한 / 민 / 국

제2부

사회 문화

나는 우리나라가
세계에서 가장 아름다운 나라가 되기를 원한다.
가장 부강한 나라가 되기를 원하는 것은 아니다.
내가 남의 침략에 가슴이 아팠으니
내 나라가 남을 침략하는 것을 원치 아니한다.
우리 부력(富力)은 우리의 생활을 풍족히 할만하고
우리의 강력(強力)은 남의 침략을 막을 만하면 족하다.
오직 한없이 가지고 싶은 것은 높은 문화의 힘이다.

백범 김구

아! 2002년

　현대를 정보화시대라 한다. 거의 모든 정보가 빛에 버금가는 속
도로 전달되는 시대다. 모두 당연하게 여기는 정보혁명의 역사는
불과 20년이다. 인터넷이란 개념은 사오십 년 전부터 있었으나 전
화망과 모뎀을 이용한 것이 30여 년 전이고, 초고속 인터넷 통신망
은 구십년대 말이 되어서야 구축되기 시작했다. 그 선두에 대한민
국이 있었고, 급속하게 보급된 인터넷으로 오프라인을 바꾼 것도
대한민국이었다. 인터넷 기술 발전은 미국으로부터였으나 첫 과실
은 대한민국의 차지였다. 2002년은 인터넷의 위력을 인류가 체험
한 사실상의 정보화시대 원년이었다.

◊ 붉은악마

붉은악마는 1997년, 98프랑스월드컵 아시아 예선을 앞두고 축구 국가 대표팀을 응원하기 위해 PC 통신을 통해 조직되었다. 붉은악마의 유래는 1983년 제4회 멕시코 세계청소년 축구대회에서 다른 팀이 피하는 붉은색 유니폼을 입고 선전하여 4강에 진출한 한국 대표팀을 외신이 '레드 데블(Red Devil)'이라고 부른 데서 시작되었다.

처음에는 50여 명에 불과하였으나 2002년에는 5,000명을 넘을 정도로 증가했다. 1998년부터 본격적으로 구축된 초고속통신망이 결정적이었다. 2002년 월드컵에 처음 시작된 거리 응원전에서 붉은악마는 강렬하고 조직적인 응원을 선보여 언론의 주목을 받기 시작했다.

시발점은 한국 대표팀의 첫 경기가 열린 6월 4일 폴란드전이었다. 경기 장소가 부산이었고, 경기장 규모가 관전을 원하는 모든 사람을 수용할 수 없었으므로 붉은악마는 광화문 거리응원을 기획하였다. 모두가 놀란 대성공이었다.

한국에서 개최된 대회였던 만큼 전 국민의 관심이 집중되었다는 점, 경기장에서 관람할 인원은 극소수에 불과하다는 점, 현장 분위기를 느끼고 싶은 국민이 다수였다는 점, 거리응원 계획이 인터넷을 통하여 신속하게 전파된 점, 이전까지 월드컵 승리가 없어 전 국민이 이기기를 갈망한 점, 폴란드를 상대로 2대 0으로 완승한 것이 시너지 효과를 발휘하여 한반도 전체를 용광로로 만들었다.

그것은 기적이었다. 기획한 붉은악마도, 뉴스를 통해 거리응원 장면을 시청한 국민도, 외신이 전한 한국의 거리응원을 목격한 외국인도 경이로운 광경에 넋을 잃었다. 유사 이래 처음으로 인류가 주목한 대한민국은 붉게 타오르는 강렬한 불꽃이었다. 그것이 시작이었다. 처음으로 자신이 아닌 타인이, 거의 모든 국민이 조국 대한민국을 강렬하게 사랑한다는 사실을 깨달은 국민은 감동하였다. 누구의 지시나 권유 없이 자발적으로 응원 장소로 모여들었다.

거리 응원전에 참가한 사람은 붉은악마가 제작한 'Be the Reds'가 적힌 붉은 티셔츠를 입고 응원에 나섰다. 붉은악마의 정식 회원이 아니더라도 붉은색 티셔츠를 입고 응원에 임하면 그대로 붉은악마가 되었다. 모두가 하나가 되는 체험으로 심장이 터질듯한 감동을 맛보았다. 대한민국 국민은 할 수 있다는 자신감을, 지켜본 인류는 대한민국에 두려움과 경외심을 갖게 한 이정표였다.

2002년 유월을 붉게 타오르게 했던 것은 한국 축구 대표팀이 연이은 선전으로 4강에 도달했다는 이유도 있었으나, 그것은 오히려 사소한 일이었다. 진정 큰 깨달음은 인터넷으로 전해지는 정보의 속도와 대중의 반응이었다. 국민의 그 강렬한 반응으로 공동체 구성원 내면을 들여다본 것이다. 대한민국이 역사에 기록할 만한 업적이 흔치 않지만, 향후 써나갈 역사에는 기록되리라는 자신감과 희망이었다. 2002년 대한민국의 유월은 뜨거웠다.

◊ 촛불시위

2002년 6월 13일 열네 살 소녀 신효순, 심미선이 미군 장갑차에 치여 숨졌다. 두 학생이 사망한 날 미군 측은 바로 유감을 표하고 철저한 조사를 약속했으나, 고의나 과실이 아니라 가해 군인으로서도 피할 수 없는 원인으로 발생한 비극적인 사고라고 설명했다.

효순과 미선이 사망한 6월 13일은 2002한일월드컵 한국 대표팀이 포르투갈과 조별 예선 마지막 경기를 하루 앞둔 날이자 전국 동시 지방선거일이었다. 온 나라가 월드컵의 열기에 사로잡혀 효순과 미선의 죽음은 큰 주목을 받지 못했다.

사고가 발생한 지 13일째인 6월 26일 시민 사회 종교단체는 범국민대책위원회를 결성하고 미 2사단 앞에서 1차 범국민대회를 개최했다. 집회 도중 시위대 일부가 기지 철조망을 절단하였고, 취재를 위해 미군 기지에 들어간 〈민중의 소리〉 기자 2명이 미군에 의해 감금 폭행당하는 사건이 발생했다.

이 사건으로 미군을 향한 국민의 비난 여론이 급속히 확산하였고, 미군은 해명과 사과를 반복하였다. 사고조사 결과는 국민과 피해자가 받아들이기에는 미흡한 가해자 처벌 없이 유족에게 1억 9500만 원의 배상금과 미군 위로 성금 2만 2000달러를 전달하는 것으로 마무리되었다.

미군이 담당한 가해 병사 2명에 대한 재판의 최종 판결이 11월

22일 내려졌다. 예상대로 무죄였다. 재판 결과를 계기로 SOFA의 불평등함이 다시 도마 위로 올랐고, 그동안 사건에 무관심하던 이들까지 항의 대열에 합류하면서 파문은 일파만파로 퍼져나갔다.

촛불시위는 암묵적 약속이었다. 약속이 이루어질지는 누구도 알 수 없었다. 그것이 현실이 되었다. 한 네티즌의 진심 어린 제안이 수만 네티즌을 오프라인 광장으로 끌어냈다.

2002년 11월 30일 오후 6시 즈음 서울 광화문 교보빌딩 앞에는 40여 명의 시민이 촛불을 들고 동지들을 기다렸다. 이날 현장에는 회사원뿐만 아니라 초·중·고등학생도 참가했다. 한 여학생은 연단에 올라 "미군은 도대체 심장이 있는 사람들인가? 있다면 그럴 수 있는가? 월드컵 때문에 즐거웠으나 그 때문에 내 친구 효순이, 미선이의 죽음이 묻혔다. 이렇게 내 친구들을 위로하기 위해 나온 여러분께 감사하다"라며 눈물을 흘렸다.

시민들은 촛불을 높이 쳐들며 아리랑, 임을 위한 행진곡, 우리의 소원은 통일을 합창했다. "살인 미군 처벌하라", "미선이 효순이 살려내라"라는 구호도 외쳤다. 노랫소리와 구호 소리가 커질수록 속속 시민이 모여들었다. 결국, 만 명이 넘는 시민이 모여 광화문 광장을 촛불의 바다로 만들었다.

단 한 사람의 제안으로 수만 명이 움직였다. 부산 서면에서는 추가 촛불시위도 이루어졌다. 세상은 강자의 것이다. 법이 있으나 정의보다는 질서유지를 위한 기득권자의 입맛에 맞는 것이다. 강자에 무기력한 대중이었으나 인터넷이란 무기가 생겼다. 인터넷은 약자의 최신 병기가 되었다.

◊ 노사모

노사모는 '노무현을 사랑하는 사람들의 모임'의 준말이다. 2000
년 4월 13일 16대 총선에서 새천년민주당 후보로 부산 북강서을
지역구에 출마했으나, 허태열의 지역감정을 부추기는 망언으로 인
해 지역주의를 넘지 못하고 낙선한 노무현을 안타깝게 여긴 네티
즌이 자발적으로 만들어 낸 국내 최초 정치인 지지 단체다. 정치판
을 지배하던 고질적인 지역감정에 절망한 386세대가 중심이었다.

혼들리지 않는 지역 구도에도 무모한 도전을 거듭한 노무현은 지
역구 국회의원이 되는 데는 실패하였으나, 국민에게는 바보 노무현
이라는 이름으로 알려졌고, 최초의 정치인 지지 단체가 만들어지
는 계기가 되었다. 네티즌의 제안으로 만들어진 온라인 단체였으
나 그 위력은 막강하였다.

2002년 새천년민주당 대통령 후보 경선 전 노무현의 지지율은
이 퍼센트 미만이었다. 노사모는 직접 찾아가 읍소하기, 영호남 대
의원에게 대차 편지쓰기 등을 통하여 노무현 띄우기에 진력하였
고, 첫 경선지 제주에서는 한화갑 이인제에 이은 3위, 두 번째 지역
인 울산에서는 1위가 되었다. 세 번째 지역이었던 광주 경선이 분

수령이었다. 여론은 광주가 홈그라운드였던 한화갑과 대세론의 이인제가 1, 2위를 차지할 것으로 예측하였다.

결정적 변수가 발생했다. 지금까지의 여론조사에서는 민주당의 어떤 후보도 상대 후보인 이회창을 이길 수 없는 것으로 나왔는데, 광주 경선 직전 여론조사에서 노무현이 이회창과의 양자 대결에서 승리하였다. 이 여론조사 결과를 보도한 게 문화일보였는데, 광주에는 문화일보가 배포되지 않았다. 노사모는 신문을 사 들고 광주까지 내려와서 직접 시민에게 나누어 주었다. 뜻밖의 여론조사 결과와 노사모의 헌신적 노력은 모두의 예상을 깨고 광주 경선에서 노무현이 1위가 되는 대이변을 연출한다. 노풍(盧風)이 인 것이다.

네 번째, 다섯 번째 지역이었던 대전 충남에서는 충청권 기반의 이인제가 압승하여 대세론에 다시 불을 지폈다. 여섯 번째 지역인 강원도가 두 번째 분수령이었다. 이인제에게 다시 패하면 호남 영남 외 확장성 부족이 약점으로 드러날 터였다. 이인제는 색깔론으로 노무현을 공격하였는데, 경선 직전 '노무현은 빨갱이입니다'라는 전단까지 살포하였다. 이에 노사모는 직접적인 마찰은 피하면서 전단을 떼어내는 작업도 했다. 결국, 630 대 623이라는 단 7표 차로 노무현이 1위를 차지한다. 이후 노풍이 대세론을 덮고 기적적으로 경선에서 승리하였다.

월드컵의 영향으로 정몽준 후보가 대선주자로 떠올랐다. 월드컵 유치 공로가 부각되었다. 노무현은 김영삼 전 대통령 방문 등으로 인기가 하락세였다. 대선 구도가 1강 2중이었지만, 정몽준과 노무현의 단일화 시 이회창을 꺾는다는 여론조사 결과가 나오자 단일화에 급물살을 탔다. 단일화 승자는 노무현이었다.

선거 전날 마지막 변수가 발생하였다. 정몽준이 단일화를 폐기하고 노무현 지지를 철회하였다. 보수 신문은 대서특필하였고 노사모는 분노하였다. 불법이었지만 노사모는 새벽에 집집마다 돌며 노무현 지지 철회 기사를 대서특필한 신문을 수거한다. 자발적·헌신적 노사모의 지지와 행동으로 노무현은 대통령에 당선하였다. 노사모가 한국의 대통령을 만든 것이다. 아니 인터넷이 인류 최초로 대통령을 당선시킨 것이다.

대한민국은 격변의 근대사를 써 왔고 현재도 진행 중이다. 2002년 대한민국은 여름부터 겨울까지 붉게 타오르는 용광로처럼 뜨거웠다. 월드컵 거리응원부터 촛불시위, 노무현 대통령 당선까지 감동과 경이와 이변의 연속이었다. 대한민국의 무한한 가능성이었고, 인터넷이 현실 세계에 안긴 충격이었다. 당사자인 한국인은 물론이고 전 인류가 충격에 빠졌다. 이르든 늦든 어느 나라에도 닥칠 수밖에 없는 미래를 한국에서 발견한 것이다. 2002년 한국은 새로운 출발을 하였다. 정보의 바다로 첫 출항은 어떤 선진국도 아닌 한국호였다.

2021. 5. 11.(월)

다다익선(多多益善)

많을수록 좋다는 말이 있다. 초나라의 항우와 천하 쟁패에서 승리하여 한족(漢族)이라는 말을 유래하게 한 한나라 초대황제 유방과 휘하의 명장 한신의 일화가 있다. 천하통일에 대한 논공행상 중 유방이 한신에게 물었다.

"나는 어느 정도의 병력을 거느릴만한 장수인가?"

"한 10만 정도일 것입니다."

유방이 재차 물었다.

"그렇다면 그대는 어느 정도인가?"

"다다익선(多多益善)입니다."

한신의 대답에 어이없어하며 그렇게 뛰어난 장수가 왜 자신의 지휘하에 있느냐는 유방의 질시 반, 분노 반 질문에 한신의 답변이 절묘하다.

"물론 신은 병력이 많을수록 좋을 정도로 뛰어난 장수입니다. 그러나 재상이나 책사 장수를 거느릴 능력은 폐하에 비할 바가 못 됩니다. 폐하께서는 승상 소하와 모사 장량, 장수인 저를 잘 통솔 하여 천하를 통일하였습니다. 이것이 신이 폐하의 부하로 있는 이 유입니다."

다다익선의 고사다. 대장군 한신의 말이 그럴듯하고 자신을 추키면서 황제에게 아부하는 절묘한 화술을 자랑하였으나 결국, 토사구팽이라는 고사성어를 남기고 유방에게 죽는다.

많을수록 좋은 건 없다. 좋은 게 좋은 것도 아니다. 공명정대하게 처신하지 않고 대충 현실에 맞춰 살며 보신하는 게 좋은 게 좋은 것이요, 다다익선이다. 요령껏 최대한 부를 모으고 높은 지위에 오르는 목표가 핵심이다.

우리는 역사가 아니라 현실에서 분수에 맞지 않은 부와 명예와 권력의 종말이 어떠한가를 보고 있다. 거의 모든 역대 대통령의 말로와 장관 물망에 오른 고위 공직자, 비위에 시달리는 재벌이나 연예인은 다다익선이 당치 않은 말임을 증명한다.

예리한 역사 인식이 있고, 풍부한 지식과 청렴결백한 품성과 마음으로 따르게 하는 지도력이라면 높은 지위에 오르더라도 문제가 없다. 그러나 높은 지위는 커진 권력이나 명예만큼이나 속속들이 자신을 드러내야 한다. 보통 사람은 문제가 되지 않는 말이나 행위나 사고도 문제가 된다. 사소한 단점도 나라를 뒤흔들 스캔들이 된다. 지위가 높을수록 권력이 클수록 명예가 많을수록 좋은 게 아니다. 자신의 그릇에 담을 수 있는 정도가 적당하다.

　사람은 자신의 영향력을 극대화할 수 있는 사회적 성취를 갈망
한다. 최대한의 노력은 당연하고 권장해야 한다. 그러나 그 전에
스스로 목표하는 수준의 그릇으로 만들어야 한다. 끊임없는 탐
구와 성찰로 자신을 다듬어야 한다. 사회로 나아가는 방식에 있
어 공정하고 합리적이어야 한다. 마음이 급해 편법과 융통성을 발
휘하면 머지않아 부메랑이 되어 뒤돌아온다. 갈 수 있다고 가서는
안 된다. 충분히 갈 수 있더라도 공정하지 않은 길이나 나중에 감
당할 수 없는 길이라면 가서는 안 된다.

　다다익선은 탐욕스러운 말이다. 절대로 있을 수 없는 일이다. 다
다익선이 탐욕이라면 과유불급(過猶不及)은 진리에 가까운 말이다.
몸에 좋은 음식이나 운동도 적당히 해야 좋다. 지나쳐서 좋을 건
세상에 없다. 많을수록 좋다는 말이나 좋은 게 좋다는 말은 폐기
되어야 한다.

2020. 6. 24.(수)

코로나의 역설

2019년 겨울, 중국 우한에서 발생한 것으로 보도된 코로나바이러스는 인류의 생활 거의 전부를 변화시키는 중이다. 인간 간의 접촉으로 전염되는 바이러스의 특성상 사회적 동물인 인간의 생활을 개별적이고 폐쇄적인 형태로 바꾸고 있다. 인간의 모든 활동이 위축되었고 특히 생산과 소비 활동의 마비는 빠르게 경기를 후퇴시키고 있다.

처음에는 중국과 한국에서 유행이 시작되었으나 유럽을 거쳐 전 세계 모든 나라에 전파되어 지구촌의 재앙이 되고 있다. 2020년 10월 12일 현재 세계적으로 3,700만 명 이상의 감염자가 발생하였고 100만 명 이상이 사망하였다. 현재도 수그러들 기미를 보이지 않아 얼마나 더 희생자가 생길지는 짐작도 하기 어렵다.

유럽에서 코로나19가 유행할 때 치명률이 획기적으로 증가하여 분석이 이어졌다. 주로 평균 수명이 늘어난 선진국으로 기저질환이 많은 노인 인구 비율이 높은 것이 주요 원인으로 지목되었다.

뒤늦게 코로나바이러스 유행이 시작되었으나 세계 최장수국으로 노인 인구 비율이 높은 일본은 큰 피해를 우려하지 않을 수 없었다. 특히 지난해에는 제2차 세계대전 이후 최다인 138만여 명이 사망하는 등 2009년 이후 10년째 전년보다 사망자가 증가하고 있다. 인구 감소 중인 일본에 코로나바이러스는 치명적인 타격으로 인구 감소에 가속도가 붙을 것으로 예상하였다.

인간의 예측은 언제나 상상하는 수준에서 벗어나지 않는다. 기억력과 사고력이 뛰어난 인간의 탐구와 분석은 거의 모든 미래를 예측할 것 같아도 그 수준은 미미하다. 그렇게 뛰어난 분석과 예측 능력이라면 주식으로 부자 되지 않을 사람이 없고, 정부에서 부동산 가격폭등을 잡지 못할 이유가 없을 것이다.

신종 코로나바이러스 감염증 확산 이후 일본의 인구 감소속도가 예상과 달리 줄어들었다. 코로나-19 방역대책이 다른 전염병을 억제한 게 주요 원인으로 분석되었다. 코로나 예방대책이 광범위하게 시행되어 고령자를 중심으로 외출을 삼가고 사람 간 접촉을 피한 결과 폐렴, 독감 등 호흡기 계통 질환으로 인한 사망자가 크게 줄어든 것이다.

코로나바이러스는 인간에게 언제 죽을지 모른다는 공포를 심어주었다. 그 결과 인간은 모든 활동을 위축시켰고, 특히 기저질환으로 감염에 따른 피해가 큰 노인층은 경제 활동을 해야 하는 절박함이 없는 탓도 있어서 외부 활동을 자제하였다. 그렇게 많은 사람이 같은 원인으로 매일 죽어가지만, 일본의 인구 감소속도는 저하되었다. 가히 놀랄만 한 사실 아닌가? 코로나에 의한 공포가 인간을 각성시켜 더 안전해졌다니 기막힌 역설 아닌가?

　세상은 이해하기 어렵다. 우주의 원리 같은 거시세계에 대해서도, 분자나 원자 이하의 미시세계에 대해서도, 과학자의 탐구는 그치지 않고 있지만 확실치 않은 가설 수준이다. 코로나바이러스의 발생 원인도 알 수 없지만, 그 결과도 알 수 없기는 마찬가지다. 해마다 악화일로였던 대기 상태가 코로나바이러스 창궐 이후 맑고 푸른 하늘을 되찾지 않았던가? 노인 인구가 많아 코로나로 인한 인구 감소속도 증가를 염려했던 일본이 기우라면, 지금 우리가 고민하는 모든 근심, 생로병사와 부와 권력과 명예의 이루어지지 않는 욕망에 대한 고민도 어쩌면 사유하는 인간만의 기우인지도 모른다.

2020. 10. 12.(월)

노벨상

현택환 서울대 교수가 노벨화학상 후보라고 대서특필했던 언론에서 이번에도 수상에 실패하자 자조적인 반성을 하였다. 최근 수십 년간 매년 유력 수상 후보라고 헛물을 켜다가 낙담하는 사례가 반복되고 있다.

경쟁이 치열하지 않던 전통적인 농업 국가에서 산업사회로 변신한 한국은 일등 지상주의에 매몰되어 노벨상에 대한 집착이 강하다. 경제 스포츠 등 대부분 분야에서 괄목할만한 성적을 내는 선진국의 위치에 섰으나 노벨상만큼은 별로 인연이 없다. 2000년 김대중 대통령이 수상한 노벨평화상이 전부다.

노벨상은 다이너마이트를 발명한 노벨이 기부한 유산과 인류에 공헌한 사람에게 매년 상을 수여하라는 유언에 따라 노르웨이와 스웨덴에서 수상자를 정하여 수여하는 상이다. 1900년에 노벨재단이 설립되었고 1901년부터 문학, 화학, 물리학, 생리학 또는 의학, 평화 5개 부문에 수여되고 있으며, 1969년에 경제학상이 추가 되었다. 노벨상은 오랜 전통의 권위뿐만 아니라 800만 크로나(약 13억 원)의 상금도 주어져 명실공히 부와 명예를 한꺼번에 얻을 수 있는 절호의 기회다.

노벨상 수상은 훌륭하다. 학문하는 사람은 누구나 노린다. 당연히 경쟁이 치열하고 그렇기에 더욱 권위가 있다. 비단 한국인이 아니라도 모두가 수상을 바란다. 다만 한국인의 기대와 집착은 지나치다는 데 문제가 있다.

훌륭한 사람에게 주어지는 상이니까 수상자는 당연히 훌륭한 사람일 것이다. 그러나 수상한다고 하여 이전보다 더 훌륭해지는 건 아니다. 다만 이전보다 좀 더 유명해지고 경제력이 개선될 뿐이다. 노벨상의 수상으로 국가의 명예가 향상되거나 민족의 우월성이 증명되는 것은 아니다. 손흥민이 축구 잘한다고 한국인의 축구 재능이 우수하다는 걸 증명하지 않는 것과 마찬가지다.

한국인은 개인보다 공동체를 중시하는 사회에서 살아왔다. 그래서 개인의 특성을 내세우기보다는 전체적으로 조화로운 삶을 지향한다. 지극히 개인적인 일도 전체로 파악한다. 올림픽에서 금메달과 기능올림픽이나 과학경시대회에서 수상이 국위 선양이라고 칭찬한다.

못살던 시절, 희망을 기대하기 어렵던 시기에 국민의 사기 앙양에는 효과적이었다. 세계에서 가장 가난한 나라에서, 끼니도 때우지 못하는 나라에서 금메달을 딴다는 것이 얼마나 어려운 일이며 감격스러운 일이었겠는가? 그러나 그건 예전의 일이다. 지금 한국은 노벨상이 아니라도 충분히 세계에 알려져 있고 존중받고 있다. 노벨상에 대한 집착은 우리가 일등을 추구하는 구시대적 패러다임의 잔재일 뿐이다.

1901년부터 2020년까지 역대 노벨상 수상자 933명 가운데 미국인이 391명이다. 2위인 영국의 133명의 세 배에 가깝다. 이는 단순히 개인의 역량뿐만 아니라 국가적 투자와 연구 기반의 영향이 크고, 국력·인종·문화에도 좌우된다는 걸 의미한다. 훌륭한 사람을 정하는 것도 결정하는 사람에 따라 달라질 수밖에 없다. 학문과 인종의 다양성 결여로 권위도 의심받고 있다. 역대 수상자 중 흑인은 이 퍼센트, 여성은 육 퍼센트에 불과하다. 노벨상의 주류는 북미와 서유럽 출신 백인 남성이었다.

최고를 추구하는 건 좋다. 이상도 좋아야 한다. 그러나 근본 목적이 아닌 허영의 과실을 탐해서는 안 된다. 어떤 업적을 쌓아 노벨상을 받는다면 좋은 일이다. 수상으로 더 나은 인격자가 되거나 업적이 바뀌는 건 아니라도 부와 명예가 향상된다. 그건 부수적인 일이다. 있으면 좋으나 없어도 무방하다. 그러나 인류에 공헌한 업적이라면 수상 여부에 무관하게 영원할 것이다.

노벨상은 본질이 아니다. 수상이 목적이 되어서는 안 된다. 현재 대한민국이 개발도상국이 아니라 성장할 만큼 성장한 선진국이고, 미래지향적이고 인류애를 고취한 시민의식을 갖춘 국민이라면 더는 노벨상에 목매지 말자.

2020. 10. 15.(목)

—

법과 양심

—

어떤 사람으로 살아갈 것인가? 나는 타인에게 어떻게 보여야 하는가? 타인에게는 훌륭한 삶으로 보이고, 스스로 행복하게 산다는 건 어떠한 삶을 의미하는가?

모든 국가는 법치국가다. 민주국가든 전제국가든 자본주의나 공산주의에 무관하게 현재 존재하는 모든 나라는 법에 따라 다스려지는 법치국가다. 고대나 중세 왕이나 교회가 절대 권력을 행사하였다면 현대는 법에 따라 결정된다. 현대를 살아가려면 누구나 법을 지켜야 한다. 물론 범법자는 나오게 마련이지만 사회와 격리되어 응분의 대가를 치르게 된다.

법을 잘 지키는 것으로 훌륭한 사람이 되는가? 그렇지는 않다. 법은 인간이 가져야 할 도덕과 지켜야 할 규범의 최소한이다. 사회 질서를 유지하기 위해 공권력으로 개인의 자유를 통제하는 한계가 법이다. 당연히 법을 지켜야 하지만 법을 지킨다고 하여 훌륭한 사람이 되는 건 아니다.

물론 법을 지키지 않는 사람과 비교하면 더 나은 사람이다. 평범한 수준은 된다. 그러나 법을 초월하여 양심에 따르는 사람이 되어야 한다. 법으로 제한하지 않더라도 사회와 타인에게 해악을 끼치는 행위를 해서는 안 된다.

사회적으로 법률 공방을 벌이는 사안이 있다. 뇌물죄나 성추행 여부 등 그 수준에 따라 처벌이 달라진다. 법적으로는 차이가 분명하고 죄의 유무가 달라지지만 연루된 피의자는 분명 양심에 저어되는 부분이 있을 것이다. 뇌물죄의 성립 여부는 돈을 주고받은 사실이 아니라 대가성 여부다. 자본주의 국가에서 인간의 돈에 대한 집착을 감안하면 이유 없이 돈을 건넨다는 건 있을 수 없는 일이다. 무죄로 결정되더라도 돈을 받은 사실이 없다는 게 아니라 대가성을 증명하지 못한 것뿐이다. 그가 무죄로 결정된다고 하여 결백한 사람이겠는가?

사람이 살기 위해서는 소득이 있어야 한다. 누구나 더 큰 이득을 얻기 위하여 노력하는 건 당연하다. 그 조건은 공동체나 타인에게 피해가 가지 않는 선에서다. 법으로 허용되었다고 마음 놓고 행해서는 안 된다. 법은 도덕의 최대한을 포섭하는 게 아니라 최소한으로 제한한다. 범법은 악이지만 합법이 선을 증명하는 건 아니다. 칸트의 정언명령대로 양심이 옳다고 판단한 대로 행하여야 한다.

현재는 김영란법으로 모든 공직자는 대가성에 무관하게 일정 한도 이상의 선물이나 향응을 받을 수 없다. 물론 공직자가 아닌 일반인은 김영란법을 적용받지 않는다. 그러나 법에 저촉되지 않는다고 하여 그 행위가 도덕적인 것은 아니다.

타인에게 존경받는 훌륭한 삶을 살아가려면, 스스로 자긍심을 가지고 행복하게 살아가려면, 법을 초월하여 양심에 따라 살아가라. 죽어서 남긴 명예로운 이름은 무의미할 수 있으나, 살아가면서 타인으로부터 받는 존중은 그대를 행복하게 하리라. 충만한 삶이 되리라.

2020. 11. 14.(토)

부조(扶助)

부조는 전래의 미풍양속이다. 친인척이나 이웃의 애경사에 도울 수 있는 물품을 주는 게 예(禮)였다. 부자는 손수 빚어낸 술이나 생필품을 전달하고, 가난한 사람은 쌀이나 과일 등 집에서 생산하는 물품을 줬다고 한다. 집에 있는 것 중 상대가 필요로 하는 걸 주었다고 한다.

국민 전체적으로 유교적 관습에 살았던 예전부터 관혼상제가 집안의 큰일이었고, 동네 사람의 도움이 필수적이었다. 있는 사람은 물품으로 없는 사람은 노동력으로 도왔다고 한다. 부조란 좋은 것이다. 갑자기 당한 큰일을 혼자서 감당할 수 없을 때 상부상조하는 미풍양속이다.

유교의 영향을 받고 자란 나도 부조는 반드시 해야 하는 예절로 생각하였고, 가까운 사이에 부조하지 않는 것은 인간의 도리가 아니라고 생각했다. 이제는 생각이 바뀌었다. 유교적 관혼상제 의식이 법처럼 지켜질 때는 마땅히 해야 할 도리라고 생각했으나 요즘 세상에 혼례와 초상은 치르지만, 성년식이 어디 있으며 제사 지내는 사람이 얼마나 되는가? 공자를 신으로 아는 사람이 어디 있는가? 유교적 관혼상제는 낭비다. 제사 지낸 걸 받아먹는 귀신이 어디 있는가? 과거에 무지하여 따랐던 관습이라도 깨달았으면 중단해야 하지 않는가?

물품이나 노동으로 제공되던 부조가 현금으로 바뀐 건 1980년대부터라고 한다. 현금으로 부조하면서 개념과 문화가 바뀌었다. 원래 취지는 큰일이 있을 때 돕는 개념이었으나 현금으로 하다 보니 거래가 되었다. 5만 원 부조를 받으면 다음에 최소 5만 원으로 갚아야 한다. 다음에 받을 걸 전제로 한 부조라면 과연 부조라고 할 수 있는가? 부조(扶助)는 글자 그대로 돕는 것이다. 상업적 계약이나 거래가 아니다.

언제부터인가 부조하는 것도 받는 것도 불편해졌다. 기분 좋게 부조하고 깨끗이 잊거나, 부조 받고 감사한 마음을 갖는 것으로 그친다면 원래 취지에 맞는다. 그런데 인간인 이상 그럴 수는 없다. 부조하면 그 금액을 기억한다. 다음에 그가 답례로 부조하지 않으면 원망하게 되고, 금액을 적게 하면 불만이 생긴다.

부조 받는 것도 부담스럽기는 마찬가지다. 부자가 거액의 부조를 하였다면 자신은 형편이 되지 않음에도 최소한 그 금액을 맞추어야 한다. 받은 만큼 주어야 하고, 준 만큼 받을 요량이라면 과연 부조란 말을 할 수 있을까? 단지 필요에 따라 돈을 빌렸다가 갚는 것과 무엇이 다른가?

내 마음에 들지 않으나 사회적으로 성행하니 따르지 않을 수 없다. 그래도 나는 부조 받지 않을 각오로 최소한의 부조만 한다. 친인척이 아닌 사람 중 가까운 선배 친구 후배 부하 몇몇이 전부다. 주로 인근에 거주하는 사람이 대상이다. 물론 서운해할 사람이 있다는 건 안다. 그렇다 하더라도 아부하기 위해 마음에 없는 부조하고, 그 돈을 돌려받으려고 금액을 기억하는 노고는 피하고 싶다. 내가 한 부조에 대하여 상대의 실수나 사정에 따라 답례하지 않았을 경우 원망할 일을 미리 방지하고 싶다.

내가 부조하지 않으면 기대하지 않는다. 기대하지 않으면 평생 원망하거나 미워할 이유도 없다. 얼마간의 돈을 부조하고 기억하거나 기록해서, 그가 갚지 않는다고 원망하거나 혐오할 거라면 차라리 부조하지 않는 편이 낫지 않은가? 당장 서운한 건 시간이 지나면 잊을 것이고, 받지 않았기에 부조하지 않아도 마음이 불편하지 않을 것이다. 길게 보면 돈거래를 하는 것보다 하지 않는 편이 오히려 인간관계 유지에 도움이 된다.

물론 자주 봐야 하는 처지는 다르다. 그렇게 친하지 않더라도 한 동네에 살거나 동우회 활동을 함께하는 사람이라면 당연히 부조해야 한다. 자주 보는 사람에게 부조하지 않으면 서로 얼굴 대하기가 쑥스러울 것이다. 그러나 1년에 한 번 보기도 어려운 사람에게 하는 부조는 체면 때문에 상대 눈치를 보는 아부일 뿐 아니라 추후 답례가 부족하면 소원한 사이로 발전한다. 자신이 한 부조보다 적다고 항의하는 것도 어색하다. 상대가 의도하지 않은 실수라면 변명할 기회조차 없이 나쁜 사람으로 전락한다. 상대는 내 마음을 모르므로 오히려 떳떳하건만 미워하는 자신만 전전긍긍 애태우며 서운해하다가 분노하고 원망하고 증오한다.

부조는 하고 나서 잊을 사람, 과거에 은혜를 입었거나 친소관계로 보아 당연히 해야 할 사람에게만 하는 것이 옳다. 평소에 연락 없던 지인에게 간혹 청첩장이 날라온다. 축하한다는 인사말은 건네지만 부조하지 않는다. 미안하지만 나중에 혹시 그를 미워하는 마음을 가질 원인을 제거하는 것이다. 물론 기회가 되면 변명도 하고 술도 살 것이다. 만나서 술 한잔하는 거야 지인이라면 당연할 테니까.

현재는 코로나바이러스 창궐로 직접 경조사에 참석할 형편도 안 되지만, 요즘은 경향이 바뀌었다. 직접 현금을 전달하는 게 아니라 온라인으로 계좌이체 한다. 직접 시간과 경비를 들여서 가지 않으므로 효율적이다. 편리하긴 하지만 평소 교류하지 않던 지인에게 계좌번호를 알려주고 경조사를 알리는 게 어쩐지 계면쩍지 않은가? 평소 본인이 부지런히 경조사에 찾아다녀서 뿌린 돈을 회수하려는 의도라면 그럴듯하다(?). 그런데 다음에 갚을 테니 좀 도와달라는 의미라면 좀 씁쓸하다.

당장 부조 받지 않았다고 섭섭해하지 마시라. 해서 우리 사이가 더 나아질 것 같지 않아서 그런 것이오. 내가 부조하고 나중에 제대로 갚지 않는다고 그대를 원망하거나 미워할 거라면 차라리 부조하지 않는 게 낫지 않소? 너무 가까워져 상호 부담이 된다면 오히려 적당한 거리를 유지하는 게 낫다. 인간관계도 세상만사와 마찬가지로 다다익선보다는 과유불급이 정답이다. 자유로운 영혼을 위해서라도 인간 간에는 적당한 거리가 필요하다.

2020. 11. 26.(목)

보릿고개

    코로나바이러스에 의하여 강제로 집에 갇혀야 했던 2020년의 화제는 단연 트로트였다. 직장 다니는 사람은 평소 TV 시청 기회가 거의 없으나 2019년 말부터 창궐한 코로나바이러스 방역대책으로 활동이 위축된 국민을 TV 앞으로 모이게 하였다.

    2019년 '미스 트롯' 등 트로트 경연대회의 인기로 올해도 유사 프로그램이 많이 방영되었으나 압권은 단연 '미스터 트롯'이었다. 최후의 7인에 선정된 임영웅·영탁·이찬원·정동원·김호중·장민호·김희재는 현재 각 방송국 예능 프로그램에서 맹활약 중이다.

    2차 예선에서 하동 열세 살 소년 정동원은 가수 진성의 '보릿고개'를 열창하였다. 말로는 들었더라도 진상을 알 리 없는 정동원은 마치 1960년대에 살아서 목격했던 사람처럼 애잔하게 노래하였다. 원곡자 진성도 진행자 김성수도 나도 울었다. 가락 없이 가사만 읽어도 눈물이 나는 내용이다.

사실 보릿고개를 경험하지 않은 사람은 그 의미를 잘 모른다. 어떤 사람은 가을에 농사지은 쌀이 떨어져 봄에 생산하는 보리로 밥해 먹는 것으로 아는 사람도 있다. 보릿고개는 보리밥을 먹는 시기가 아니다. 오륙십년대 국가적으로 궁핍했던 시절, 일부 부자를 제외하면 쌀밥을 먹는 사람은 드물었다. 가을이든 봄이든 주로 보리 곱삶이가 주식이었다. 매년 보리가 생산되기 직전인 사오월은 먹을 게 떨어지게 마련이었다. 먹을 것이란 보리와 고구마를 말한다. 그 시기에 죽지 않으려고 초근목피(草根木皮)를 먹거나, 아직 여물지 않은 보리 이삭을 따다가 초근목피와 죽을 쑤어 먹었다. 그것이 보릿고개다.

초근목피가 무엇인지 모르는 사람도 있다. 말 그대로 풀뿌리와 나무껍질이다. 봄에 싹이 나오기 전 풀뿌리에는 양분을 듬뿍 머금고 있다. 잔디 뿌리 등 먹을 수 있는 새 뿌리를 캐 먹었다. 산에 흔했던 소나무의 겉껍질을 벗기면 물과 양분의 통로인 관다발이 나오는데 그걸 낫으로 도려내어 보리 이삭과 죽을 쑤었다.

지금은 상상도 할 수 없는 모진 세월이었다. 아직 어린 정동원이 감정을 실어 노래하는 게 신통하였지만 이미 가락과 노랫말을 듣는 순간 가슴이 미어진다. 노래 첫 구절 '아야 뛰지 마라, 배 꺼질라'와 2절 첫 구절 '아야 우지 마라, 배 꺼질라'는 어머니가 아이에게 뛰어놀지도 울지도 말라는 말이다. 먹을 게 없는데 소화되어 배 꺼지면 어떻게 하느냐는 탄식이다. 가사대로 물 한 바가지로 배

채우던 시골 아낙이 안쓰럽게 자식을 바라보는 서글픈 광경이 눈에 선하다. 가사 의미를 아는 사람은 눈물을 흘리지 않을 수 없다.

부모 이혼으로 할아버지와 살았던 정동원은 할아버지가 좋아해서 트로트를 하였다고 한다. 어렵게 살면서 예전 할아버지 어릴 적 얘기를 듣고 보릿고개 의미를 알게 되었다고 한다. 먹는 걱정보다는 살 뺄 걱정이 앞서는 요즘에는 상상하기 어려운 일이지만 불과 50년 전에는 대부분의 현실이었다.

억울함이 힘 있는 사람에게 부당한 대우를 받고도 항거할 수 없을 때의 감정이라면, 가장 큰 서러움은 자식이 굶주리는 걸 지켜봐야 하는 부모 마음이라고 한다. 오죽하면 뛰지 말고 울지 말라고 했겠는가? 지나고 나면 추억이라고 하지만 보릿고개라는 말만 들어도 눈시울이 붉어진다.

아야 뛰지 마라, 배 꺼질라 가슴 시린 보릿고개 길
주린 배 잡고 물 한 바가지 배 채우시던 그 세월을 어찌 사셨소

2020. 12. 4.(토)

서울의 찬가

주철환이라는 사람이 있다. 굉장히 유명한 사람으로 90년대 TV 명 PD로 명성을 떨쳤다. 내가 소령 때 공군교육사에서 무장 교육 대장으로 후배 장교, 부사관, 병사에게 군인정신을 주입하던 시절 사령부에 초청 강사로 온 적이 있었다.

'성공'이란 주제로 두 시간 강연하였는데 감동적이었다. 단순한 강의가 아니라 청중의 이목을 집중시키는 능력이 있었다. 강의 중에 사물놀이와 난타를 보여주었던 것으로 기억한다. 그때는 이화 여대 교수로 재직 중이었는데, 성공하려면 세 개의 'ㄸ'과 여섯 개의 'ㄲ'이 있어야 한다고 했다. 세 개의 'ㄸ'은 뜻, 때, 땀으로 '뜻을 세워 때를 기다리며 땀 흘려 노력하라'라는 의미다. 여섯 개의 'ㄲ'은 꿈, 꼴, 꾀, 끼, 깡, 끈으로 첫째 올바른 꿈이 있어야 하고, 둘째 훌륭한 꼴을 갖춰야 하며, 셋째 세상에 제대로 대처할 꾀(지혜)를 갖추어야 하고, 넷째 하고 싶은 일에는 목숨을 거는 끼가 있어야 하

며, 다섯째 하기 싫은 일은 목에 칼이 들어와도 하지 않는 깡이 있
어야 하고, 여섯째 사람과의 인연을 소중히 여기는 끈을 놓지 말아
야 한다는 것이다. 놀랍지 않은가? 성공의 요체를 단 아홉 자로 설
명할 수 있다니……

완전 감동이었다. 그래서 아홉 자의 문자로 교육 교안을 만들었다.
나의 첫 수필집에 나오는 '성공하려면'의 영감은 주철환 교수의 강연
에서 얻은 것이다. 살기에 바빠 잊고 지내다가 프리랜서 작가로서 많
은 글을 읽어야 하는 처지에서 주철환 교수를 떠올렸다. 인터넷 교보
문고에 주철환을 치자 많은 책이 검색되어 몇 권을 구매하였다.

지금 『재미있게 살다 의미 있게 죽자』라는 책을 읽고 있다. 국문
학 박사에 많은 경험을 쌓은 사람답게 재미있는 이야기를 간결한
문장으로 표현하여 쉽게 읽을 수 있었다. 수필 내용 중 노래 '서울
의 찬가' 이야기가 나온다. 서울의 찬가는 1966년 길옥윤이 작곡하
고 패티 김이 노래한 명곡이다.

길옥윤은 평안북도 영변 출신으로 본명은 최치정이다. 1948년
월남하여 서울대 치과대학에 다니다가 음악계에 입문하여 숱한 명
곡을 작곡하였다. 나는 옛날 노래는 모르지만, 가수 혜은이의 데
뷔부터 모든 히트곡을 작곡한 건 알고 있다. 늙은이가 젊고 예쁜
혜은이와 로맨스가 있다 해서 치기 어린 시샘을 한 기억이 있다.

패티 김은 서울에서 출생하였고 본명은 김혜자다. 전원일기에 나
왔던 국민 엄마 탤런트 김혜자만 알았지 패티 김도 김혜자인 건 인
터넷 조회로 처음 알았다. 당시 미국 유명가수 패티 페이지와 같은
명가수가 되고 싶은 열망에 패티 김으로 이름 지었다고 한다. 해

방 이후 최초로 일본에 진출하고 미국 무대에도 선 패티 김은 국 내에서는 가수 이외에도 뮤지컬배우와 영화배우로도 활동하였으 며 최초라는 수식어가 늘 따라다니는 가수이자 대중음악계의 이 정표와 같은 존재였다.

1966년 길옥윤이 작사 작곡한 '서울의 찬가'를 발표하였고, 그해 연말 미국에서 귀국한 패티 김과 결혼하였다. 신혼여행을 겸해 베 트남을 위시하여 동남아와 유럽 등지로 순회공연을 하였다. 결혼 7년 만에 둘은 이별하는데, '낭만 부부'답게 헤어지기 직전 '이별'이 라는 노래를 크게 히트시켜 화제가 되기도 했다고 한다.

길옥윤이 세상을 떠났을 때 남의 아내가 된 패티 김이 전남편의 영결식장에서 노래를 불렀다고 한다. '이별'이 아닌 '서울의 찬가'를 불렀는데 원곡의 밝은 행진곡풍을 그날은 진혼곡으로 불러 문상객 을 놀라게 하였다.

한 사람은 작곡가로, 한 사람은 가수로 한 시대를 풍미했던 예술인 의 로맨스답다. 결혼 기념으로 만든 곡도, 이별 기념으로 만든 곡도 모두 크게 히트 쳤다는 사실도 놀랍지만, 전남편 장례식장에서 추모 를 노래했다는 것도 발상이 기발하다. 평범을 거부한 예인답다.

길옥윤과 패티 김의 이야기는 인터넷에 자세히 실려 있다. 주철환 교수가 워낙 창의적인 사람이긴 하나 지나간 옛이야기를 회상하여 맛깔나게 표현하는 그가 멋있다. 같은 수필작가로서 마냥 부럽기만 하다. 나는 언제 주철환 교수처럼 간결한 문체로 뭇 사람의 심금을 울릴 수 있으려나…… '서울의 찬가'는 국민 모두 아는 애창곡이다.

2020. 12. 12.(토)

—

분노하는 사회

—

한국인 특유의 질병이 있다. 바로 화병이다. 억울한 일을 당했거나 한스러운 일을 겪으며 쌓인 화를 삭이지 못해 생긴 몸과 마음의 병으로 세계 의학 사전에 정식 등록되었다고 한다. 인간 사회가 어디라도 차별이 있겠지만, 우리 조상이 불평등 사회에서 당해야 하는 고초의 산물이었을 것이다. 특히 인간 대접을 받지 못한 부녀자의 대표적인 질병이 화병이다. 세상이 변하고 경제적으로는 선진국 수준으로 번영하고 있으나 한국은 분노 사회다. 분노해야 할 사회거나 분노 조절 능력을 상실한 국민이다.

오늘도 장애인 시설 원장이 장애인을 사정없이 걷어차는 동영상이 뉴스에 나왔다. 발로 걷어차도 계속 일어나니까 나중에는 쓰러뜨리고 짓밟았다. 시설 원장도 힘들 것이다. 정상인이 아닌 정신지체아와 하는 생활이 많은 스트레스를 유발할 것이다. 그렇다면 직업을 바꾸어야 했다.

돈 벌기 위하여 시설을 운영하면서 소득의 원천인 원생을 괴롭힌다는 건 어불성설이다. 정상이라면 청소년 나이에 시설에 입소할 이유가 없다. 장애인이기 때문에 보호를 명목으로 돈을 버는 것이다. 국가에서 연 1억 5천만 원의 지원금도 받는다고 한다.

돈은 벌고 싶은데 일하기 힘들다고 원생을 폭행하는 것이 말이 되는가? 돈 내고 시설에 자식을 위탁한 부모가 보면 뭐라고 할 것인가? 원장은 철면피가 아니라면 대담한 사람이었다. 사회복지사가 보는 중에도 태연히 구타하였다고 한다.

유치원 보육교사의 구타 장면도 나왔다. 갑자기 따귀를 때려 어쩔 줄을 모르는 아이를 강제로 누이고, 돌아다니는 아이를 넘어뜨리고, 베개로 마구 때리는 모습도 보였다. 때리는 보육교사를 보면서도 말리는 보육교사는 없었다. 낮잠 잘 시간에 자지 않은 게 맞은 이유였다. 아무도 모르고 지나갈 일이었으나, 아이의 상처를 의심한 부모의 신고로 경찰 조사과정 CCTV에서 드러난 영상이었다. 이런 영상을 뉴스로 보며 아이를 유치원에 보내야 하는 부모의 마음은 어떠할 것인가?

어느 사회도 완벽하게 정의로울 수는 없다. 불평등과 불공정이 존재하고 억울한 사람도 있다. 그런 사회에 분노하는 건 당연하다. 한국 사회는 도가 지나치다. 너무 쉽게 자주 타인에게 화를 낸다. 있는 사람은 있는 사람 대로 갑질이고, 없는 사람은 더 취약한 사람에게 갑질이다. 자신이 당한 억울함을 더 약한 자에게 화풀이하는 것이다.

왜 한국은 분노하는 사회인가? 왜 한국인은 분노 조절 장애를 겪는가? 빈부격차와 실업은 충분한 이유가 못 된다. 빈부격차와 실업은 전 세계적인 추세다. 아직 사회 구조가 공정하거나 평등하지 못하고, 개인의 사회 적응 실패나 유전적인 요인 등 이유는 다양하겠으나 스스로 자성해야 한다. 이익을 위하여 무한 경쟁하는 것을 당연하게 여기는 문화가 근본 원인이라면 해결할 방법을 찾아내야 한다.

단기적으로는 가해자를 일벌백계하고 감시체계를 강화하는 게 효과적이다. 그러나 근본적인 대책이 될 수는 없다. 국민의 의식 변화가 필요하다. 이익을 위하여 직업을 갖더라도 상대하는 인간을 금전 대상이 아닌 독립된 인격체로 대하는 인본주의로 무장해야 한다. 어떻게 하면 사람을 사람으로 여기는 사람으로 육성할 것인가? 대한민국 최우선 과제는 국민 패러다임을 바꿀 교육 정책이다. 국민 정서를 대립과 투쟁이 아닌 조화와 화합으로 바꿀 방식을 찾아내야 한다.

2021. 1. 25.(월)

허구가 판치는 세상

가짜뉴스가 판치는 세상이다. 어느 세상 어느 시대에도 진실과
진리만 유통되지는 않는다. 의도하지 않은 실수나 의도적인 유언비
어는 있게 마련이다. 현재는 그 정도가 너무 심하다.

중도, 중용이라는 말이나 매체가 없을 정도로 편파적인 보도가
많다. 정반대의 주장을 사설로 싣는 매체는 상대를 가짜뉴스라고
매도한다. 동시에 쌍방에서 상충하는 주장을 하며 서로 가짜라고
우기므로 국민이 진위를 가리기는 어렵다. 복불복으로 어느 하나
를 선택해서 믿을 수밖에 없다. 정치인과 언론의 유도라고 할 수도
있지만, 국민의 호응 없이는 절대 불가능한 일이다. 진영 논리로 양
분된 국민이 지지하기에 가능한 일이다.

언론은 사실만을 보도해야 한다. 그것이 언론인의 사명이다. 특
종을 위하여 거짓이나 사실과 유사한 허구를 보도할 수 있으나 그
후폭풍이 심각하고, 기자의 양심상 실행하기는 쉽지 않다. 현재는

오히려 타 매체의 보도를 인용하여 태연하게 거짓을 보도한다. 기자가 거짓이라는 사실을 알아도 독자의 수요가 있고 앞서 거짓 보도가 있었다면 인용에 따른 책임은 감소한다. 몇 번의 인용으로 대부분 매체가 보도하면 사실처럼 변한다.

왜 가짜뉴스가 판치는가? 독자가 있기 때문이다. 원인이 정치인이든 언론이든 사악한 선동가이든 이미 둘로 나뉜 국민의 요구는 단호하다. 자신이 믿고 싶은 바가 사실이기를 원하지만, 사실이 아니라도 보수나 개혁진영 모두 자기 입맛에 맞는 편파적인 보도를 원한다. 보편적이고 중도적인 사설은 인기가 없다. 신문으로 정보를 얻는 게 아니라 원하는 뉴스 제목 클릭으로 정보를 얻는 현실에서 매력적이지 않은 뉴스는 소비되지 않는다. 아무리 정확한 내용이라도 소비자의 선택을 받지 못한다면 뉴스가 아니다. 국민 다수, 극좌 또는 극우의 입맛에 맞는 뉴스를 만들어야 한다. 그래서 상상할 수도 없는 내용도 버젓이 유통된다.

개인 미디어의 발달도 한몫한다. 전통적인 보도 매체는 사실 확인 전에 쉽게 할 수 없는 보도도 책임이 없는 개인은 유튜브나 블로거를 통하여 개인 견해를 유포한다. 유명인이 하는 말이라면 보도 매체에서 인용한다. 막연한 추측이나 상상도 쉽게 뉴스로 발전한다.

세월이 약이다. 언젠가는 어느 정도 진실은 알려진다. 문제는 그 언젠가가 법정 공방으로 결판날 즈음이면 이미 사회적 이슈에서 사라지는 것이다. 2020년 한국 사회는 가짜뉴스로 혼란하였다. 누가 어느 정도 가짜뉴스를 유포하였는지는 모른다. 그러나 조국, 추미애 법무부 장관과 윤석열 검찰총장 관련 상충하는 뉴스가 난무하였다. 점쟁이처럼 진짜를 알아채는 재주가 없는 이상 몇 개월 또는 몇 년을 기다려야 윤곽이라도 파악할 것이다.

전혀 알 수도 없으며 짐작도 할 수 없는 사실에 대하여 나는 왈가왈부하지 않는다. 그런데 주변의 많은 사람은 확정적으로 정부나 야당을 비난한다. 그 사람도 점쟁이가 아닌 이상 진실을 알 리는 없다. 그는 왜 분노하는가? 자기가 믿고 싶은 방향으로 정보를 얻어 단정 지어서다. 그 사람도 책임이 없다. 다수의 매체에서 보도하지 않았는가?

언론이 보도한 가짜뉴스를 믿는 국민에게는 잘못이 없는가? 나는 잘못이 있다고 생각한다. 잘못 보도한 매체를 탓하는 건 비겁한 자기기만이다. 이미 마음의 결정을 하고 판단 근거를 매체로 정한 것뿐이다.

건전한 비판과 토론은 더 나은 결론을 도출하기 위한 민주주의 의사결정 과정이다. 현재 한국 사회는 정상적인 민주주의 의사결정 과정을 밟는 게 아니라 흉내만 내고, 자기주장을 관철하려는 편법으로 이용하는 것으로 보인다.

국론 분열과 정책의 잦은 번복은 지나친 비용과 시간의 낭비를 초래한다. 치열한 자기주장에 따른 스트레스는 국민 개인 건강에도 해롭다. 정치인도 언론도 국민도 국가 백년대계를 생각해야 한다. 눈앞의 이익에 급급하여 가짜뉴스에 의존한다면 머지않아 파국을 맞이할 것이다. 정당이나 언론은 당연히 큰 타격을 받겠지만, 국민 개개인은 피해가 없으리라 기대할 것이다. 그러나 자신이 열렬히 지지하고 주장하던 사실이 허구였다는 걸 아는 순간 어떤 기분일 것인가? 자괴감과 상실감으로 고통스러울 것이다.

　가짜뉴스를 만들지도 보지도 말아야 한다. 가짜뉴스를 보지 않을 방법은 무엇인가? 미리 결정하지 않는 것이다. 어느 한쪽을 정의 또는 불의로 미리 정하지 말고, 이 세상에는 어떠한 사물도 그 자체로 시비, 선악, 진위가 결정되어 있지 않다는 사실을 믿는 것이다. 어떤 사람이나 사안에 대해서 맹목·맹신·맹종을 버린다면 가짜뉴스는 자연스럽게 사라질 것이다. 자신이 원하는 뉴스만으로 편식하지 않는다면 허구가 판치는 세상은 사라질 것이다.

2021. 2. 5.(금)

저출산과 청년실업

한국 사회의 당면과제는 저출산·노령화 추세의 속도 조절과 청년실업 해결이다. 저출산도 문제이고 청년실업도 문제이나 둘 사이에는 인과관계가 있고 해결방안에도 묘한 연결고리가 있다. 따로 보면 문제이나 숲으로 보면 오히려 저출산이 청년실업 해결방안에 도움이 된다.

1960년대 세계 최빈국 수준에서 애는 생기는 대로 낳고 의술의 발달로 유아사망률이 획기적으로 낮아지자 인구는 기하급수적으로 증가하였다. 정부의 산아제한 정책과 여성의 사회 진출 확대로 80년대 이후 합계출산율 2.1명 이하의 저출산 시대로 접어들었다.

세계적으로 볼 때 저출산은 전혀 문제가 되지 않는다. 인구의 증가는 자원의 고갈과 환경 파괴의 원인이기에 저출산은 오히려 바람직하다. 다만 국내로 문제를 한정하면 장기적으로 인구 감소에 따른 국가경쟁력 하락, 노령화와 생산 인력 감소에 따른 부양 부담

증가가 예상된다. 저출산은 세계적으로는 바람직하지만, 국내에 한정하면 사회 문제가 된다.

저출산의 원인은 청년실업 증가도 한 원인이다. 여성의 사회 진출과 육아 부담이 저출산의 가장 큰 원인이지만, 젊은이가 원하는 직업을 구하지 못하여 결혼과 출산을 미루거나 포기하면서 저출산 기조는 더욱 고착되었다. 청년실업은 저출산의 직접적인 원인 중 하나다.

청년실업을 막을 방법은 있는가? 안타깝게도 없다. 우리나라만의 문제라면 해결방안이 있을 수 있으나 전 세계적 추세라는 점에서 돌이킬 수 없는 현상이다. 대부분 대졸인 젊은이가 원하는 직업은 한정적이며 감소 추세다. 저임금 단순노동은 기피하고 고임금 기술직은 너무 적다. 그마저도 인공지능 발달과 산업의 자동화로 점점 사라지는 추세다. 청년 실업뿐만 아니라 국민 대부분 실업자로 살아갈 날이 머지않았다.

정부가 나름대로 고민하여 정책을 추진하고, 국민은 불만을 토로하나 근본적인 해결책은 사실상 없다. 최선이라고 한다면 세계적인 추세라도 그 속도를 최대한 늦추는 정도다. 국민도 청년도 그 사실을 깨달아야 한다.

어떻게 청년실업, 아니 국민 실업 문제를 해결할 것인가? 패러다임을 바꾸어야 한다. 세상의 변화를 통찰하고 직업에 대한 개념을 바꾸어야 한다. 더럽고 힘들고 위험한 일은 로봇이 한다. 단순 반복이나 빠른 연산을 요구하는 확률·통계·회계·진료·판례는 인공지능이 한다. 머지않아 현재 인기 있는 직업인 의사·판사·금융 분야 일자리도 사라질 것이다. 유발 하라리의 예측대로 구십 퍼센트 실업자 시대가 도래할 것이다.

실업이라도 정부가 거둔 세금으로 실업수당을 지급할 것이므로 굶어 죽는 일은 없을 것이다. 무엇을 할 것인가가 문제다. 인류는 현재까지 자신의 노동으로 생존하는 것을 가치로 알았다. 노동하지 않아도 살 수 있는 시대에 무엇을 할 것인가? 현재는 소득을 목적으로 직업을 구하지만, 미래에는 추구하는 가치로 직업을 구할 것이다. 소득 없이 환경운동, 봉사활동, 지질탐사, 세계 여행, 스포츠, 예술 활동에 종사할 것이다. 그걸 예측하고 준비해야 한다.

저출산이 고령화를 가속화하고 국가경쟁력을 떨어뜨리며 향후 부양 부담을 크게 하는 것은 틀림없는 사실이나, 일자리가 점점 사라질 미래를 생각한다면 부정적이지만은 않다. 그러잖아도 청년실업 문제로 젊은이가 헬조선이라고 하는 판국에 청년 인구마저 증가한다면 취업 전쟁은 더욱 가열할 것이다.

저출산·노령화도 청년실업도 당장 해결할 과제임은 분명하다. 노령화는 의학 발달과 복지 향상의 긍정적인 측면이니 기꺼이 받아들여야 한다. 청년실업은 일자리 감소 추세와 청년의 눈높이 문제로 해결이 난망하다. 저출산은 국내 문제로 한정하여 무조건 해결하려고만 할 일은 아니다. 일자리 감소는 가속할 것이다. 청년의 감소속도보다 빠를 것이다. 출산율 증가 노력은 청년실업을 고려한다면 이율배반적이다. 출산율 제고보다는 선진국의 이민 정책을 진지하게 검토할 필요가 있다.

과거 한국인이 일본이나 미국으로 돈 벌러 떠나서 더럽고 힘들고 위험한 일을 하였듯이 한국의 젊은이가 기피 하는 일이라도 원하는 외국인은 얼마든지 있다. 전 세계의 자원 고갈과 환경 파괴 예방을 위해서라도 출산율 제고보다는 이민 정책 변경이 더 좋은 방안으로 보인다.

단일민족국가를 자랑스럽게 내세우던 시기는 지났다. 이미 다문화가정이 상당수고, 젊은이가 기피하는 직종에는 외국 근로자로 넘쳐난다. 자원 고갈과 환경 파괴를 촉진하는 출산율 증가 노력보다는 우리 사회를 건전하게 발전시킬 우수한 인력을 어떠한 이민 정책으로 확보할지를 고민해야 할 때다.

2021. 2. 7.(일)

자녀 교육

애 양육이 부담된다고 연애도 결혼도 출산도 포기하는 시대에 애를 어떻게 하면 잘 키울 것인가? 전통적인 방식은 무용지물이 된 지 오래다. 열심히 가르쳐서 명문대 졸업시켜 대기업에 취업하게 하는 시대는 갔다.

대기업에서 매년 하던 공채를 하지 않겠다고 한다. 인력이 대량으로 필요하지도 않지만, 필요한 인력을 그때그때 뽑아 쓰는 것이 효율적이라는 이유에서다. 그럴 것이다. 수백, 수천 명을 한꺼번에 뽑는 일도, 가르치는 일도, 적당한 직책을 주어 관리하는 것도 큰 일이다. 동종 업계에서 유능한 인재를 눈여겨봐 두었다가 특채하여 일을 시키는 것이 사용자에게 가장 효율적이다. 명문대 나와서 좋은 직업을 갖는 것은 옛일이 되었다.

인공지능과 로버트에 일자리를 빼앗겨 취업이 바늘구멍 통과하기인 오늘날 어떻게 자녀를 교육할 것인가? 자녀 있는 부모는 누구나 하는 심각한 고민이다.

청년 실업은 전 세계적 추세다. 그걸 돌이킬 방법은 없다. 근본 이유가 인간보다 효율적인 자동화에 있기 때문이다. 인공지능이 더 발달하면 거의 모든 직업은 인공지능을 두뇌로 하는 로버트가 차지할 것이다. 인간은 생산 주체에서 멀어지고 소비자로만 살아가게 된다. 무엇으로 소일하는 사람이 훌륭한 사람일까? 소득 없이 공평한 분배만으로 살아가는 세상에서 훌륭한 사람은 누구인가?

이스라엘은 남녀 모두 병역 의무복무제다. 남자는 3년, 여자는 2년의 군 복무가 의무다. 흥미로운 건 이스라엘 젊은이의 전역 후 행태다. 여유 있는 사람은 아메리카 종주를, 경제적으로 빠듯한 사람은 동남아시아 횡단을 한다. 전역 행사가 세계 여행이다.

여유 있는 사람이 캐나다에서 칠레까지 여행지로 잡는 이유는 항공료 때문이다. 이스라엘에서 캐나다는 지구 반 바퀴를 돌아야 한다. 항공료만도 막대하다. 가난한 사람이 상대적으로 저비용으로 갈 수 있는 동남아시아를 선택하는 이유다.

수천 킬로미터를 여행해야 하는 만큼 보통 2년이 걸린다고 한다. 주로 도보여행이고 중간에 경비가 떨어지면 현지에서 아르바이트로 해결한다고 한다. 아마 위험하고 힘든 여행이 될 것이다.

세계에서 가장 우수하다는 유대인이 세계 여행을 하는 이유는 무엇인가? 세상과 자신을 알기 위해서다. 손자병법에 지피지기면 백전불태라는 말도 있지만, 세상과 자신을 제대로 모르면서 성취하는 건 쉽지 않다. 세상과 자신을 제대로 알아야 한다. 어떻게 세상을 알고 자신을 알 것인가?

가장 효과적인 방법이 세계 여행이다. 여행을 통하여 다양한 사람의 삶 형태와 태도를 알 수 있다. 외국인과의 접촉을 통하여 자신의 내면과 실상을 짐작할 수 있다. 자신의 신체 능력, 초면의 사람과 대인관계, 경비가 떨어졌을 때 소득 방식을 자연스럽게 깨닫는다. 우리가 볼 때는 황금같이 소중한 청춘 2년을 허비하는 것으로 보이지만, 유대인이 볼 때는 투자할 가치가 있다고 판단한다. 2년간의 고행에 가까운 여행 동안 맞닥뜨린 수많은 상황을 극복하는 과정에서 생긴 자신감과 경험은 한국 명문대학에서 배우고 겪은 것과는 천지 차이다.

어떻게 자녀를 키울 것인지 길이 보이지 않는가? 그렇다. 공부 잘해서 서울대 나와도 별무신통이라면 최대한 젊은 나이에 세상을 경험하게 하는 것이다. 미성년자가 위험하다면 고등학교를 졸업하거나 대학교 다니는 중이나 유대인처럼 군 전역 후에도 괜찮겠다. 지금은 병사 월급도 꽤 되니 부모의 도움 없이 스스로 경비를 해결할 수도 있다.

소득 없는 직업을 가져야 하는 미래에 무슨 일을 할 것인가? 상상만으로는 한계가 있다. 직접 경험하는 것이 최선이다. 젊어서 세계 여행을 한다면 좋은 사업도 구상할 수 있고, 좋은 직업도 깨닫거나 발견할 수 있다. 다른 나라 다른 민족의 생활상에서 자기 삶의 방식이나 자세도 바뀌어야 할 점을 찾아낼 것이다.

인공지능의 발달이 두렵고, 기계가 일자리를 빼앗는다고 아우성

쳐도 해결될 일은 없다. 물이 아래도 흐르듯이, 시간이 한 방향으로 나아가듯, 엔트로피가 증가하듯 불가항력에 맞설 수는 없다. 진화란 무엇인가? 변화에 대한 적응이다. 미래에 기계가 모든 직업을 차지한다면 사람이 할 일을 찾아야 하지 않겠는가? 적어도 부모 위치에서 자식이 보통 이상으로 만족하며 살길을 가르쳐야 하지 않겠는가?

그 방법은 자녀에게 세계 여행을 시키는 것이다. 도보 무전여행이다. 홀로 세상의 중심을 꿰뚫고 살아난다면 그 이후 생존 걱정은 무의미하다. 지금 우리가 어린 자녀에게 가르칠 것은 자명하다. 어려서는 독서요, 자라서는 세계 여행이다. 결코, 명문대에 보내기 위해 소중한 인생을 허비해서는 안 된다.

2021. 2. 7.(일)

—

직업에 대하여

—

과거에는 독하면 성공할 수 있었다. 타인에게 피해를 주는 악독한 사람이 성공했다는 게 아니라 자신에게 엄격하면 보통 이상으로 살 수 있었다는 의미다. 경제성장이 연 십 퍼센트에 달하던 칠팔십년대에는 취업 걱정이 없었다. 본인이 사회 환경에 적응하고 자신을 통제하느냐에 따라 성취 여부가 결정되었다. 주색잡기에 중독돼 방탕한 생활을 하지 않는다면 장년에 서울에 집 한 채를 마련할 수 있었다.

현재는 서울에서 스스로 소득으로 집을 구한다는 건 사실상 불가능하다. 원하는 직장을 구할 수도 없지만, 젊은이가 원하는 대기업이나 공무원이 되더라도 수십억 원에 달하는 집을 살 돈을 모은다는 건 이론상 불가능하다.

어떻게 살아갈 것인가? 무엇을 하면서 살 것인가? 어느 시대에 살던 사람도 할 수밖에 없는 고민이지만 현재를 살아가는 젊은이에겐 너무나 절실하다. 주어진 현실에서 전통적인 사고로는 도저히 해답이 없다. 좋은 직장 다니면서 결혼하고 자녀와 오손도손 지내는 소박한 꿈 말이다.

환경에 적응하는 자가 살아남는다는 이론이 적자생존이다. 환경과 상황이 완전히 바뀌었다면 직업에 대한 발상도 전환해야 한다. 현재 원하는 직업을 구하는 사람의 비율은 십 퍼센트 정도다. 인공지능이 발달하는 미래에는 일 퍼센트에 불과할 것이다. 십 퍼센트에 도전하는 것은 도박이지만, 일 퍼센트에 도전하는 건 기적의 행운을 바라는 것과 같다. 생각을 바꾸어야 하고 바꿀 수밖에 없다.

젊은 남자가 좋은 직장을 가지려는 가장 큰 이유는 마음에 드는 배우자를 구하기 위해서다. 젊은 여자는 3D 업종에 종사하는 남성과의 결혼을 선호하지 않는다. 결혼하지 못하는 한이 있어도 고상한 직업을 가진 남자를 찾는다. 남자는 절박하다. 남자는 배우자 없는 삶을 고려하지 않는다. 처절하게 경쟁하지 않을 수 없다. 이해되지 않는다면 동물 세계 수컷이 암컷을 차지하기 위한 투쟁을 보라. 청년 남자의 심리 상태를 이해할 수 있다.

여자가 고상한 직업을 가진 남자를 배우자로 원한다면 남자도 결혼을 포기할 수밖에 없다. 미래 좋은 직업이 일 퍼센트에 불과하다면 당연한 귀결이다. 남자가 결혼을 포기한다면 살아갈 방법은 다양하다. 농어촌에는 일손이 귀하다. 젊은이가 모두 떠난 농어촌에는 노인밖에 없다. 지금 하던 일을 하다 죽으면 물려받을 사람이 없다. 시골에는 빈집과 노는 땅이 많다. 결혼하지 않고 자녀를 양육하지 않는다면 돈 쓸 일도 없다. 농어촌에서 직업을 구한다면 여유 있는 삶이 가능하다.

결혼하지 않더라도 남이 혐오하는 일이 싫다면 봉사활동이나 세계 여행을 하는 방법도 있다. 요즘은 돈 없어 굶어 죽는 시대는 아니다. 미래에는 최저생계비 정도는 국가에서 지원할 것이다. 여행 경비는 유대인이 그러듯이 아르바이트로 해결하면 된다. 한국에는 한비야나 김수영이라는 모범 사례도 있다. 여자가 원하지 않는 결혼을 포기하면 남자의 삶의 무게는 한결 가벼워진다.

자신의 외모에 자신이 있고 일 퍼센트의 남자를 차지할 수 있다면 젊은 여자가 현재의 결혼관을 유지해도 된다. 일 퍼센트의 남자를 차지한다는 건 생각처럼 만만하지 않다. 과거에는 여자가 외모만으로도 신분 상승이 가능하였지만, 현재는 절세미녀가 아니라면 불가능하다. 서울에서 집을 사려면 공무원 남편 봉급으로는 영원히 불가능하다. 남편도 배우자의 맞벌이를 원한다. 여자도 공무원이나 대기업에 취업해야 원하는 남성과 결혼할 수 있다.

예상대로라면 미래에는 구십구 퍼센트의 젊은이가 결혼할 수 없는 상황이다. 그래도 고상한 직업의 남성만을 남편으로 고집할 것인가? 로또 당첨을 기다리는 것과 같은 망상이다. 원래 사랑은 직업과 무관하다. 십 대에 하는 순수한 사랑이 그렇다. 직업을 고려한다는 건 사랑이 아니라 사업이나 거래다. 자신의 삶을 남편의 어깨에 얹겠다는 얄팍한 이기주의다. 앞으로는 가능하지도 않은 전략이다.

인생의 의미가 무엇인가? 100살까지 산다고 인생의 의미를 제대로 아는 건 아니다. 사랑하지 않은 사람, 실연당하지 않은 사람은 인생을 논할 자격이 없다. 사랑하는 사람의 두근거림, 설렘, 환상, 환희, 공포, 절망을 어떻게 형언할 것인가? 실연당한 자의 비통과 처참을 무슨 말로 위로할 것인가? 아무리 말 잘하고 글 잘 쓰는 사람의 미사여구로도 불가능하다. 오직 경험으로만 알 수 있는 일이다.

아이가 생겼을 때의 경이는 어떤가? 막 태어나 눈도 제대로 뜨지 못하며 쭈글쭈글한 모습으로 애처롭게 엄마에게 달려드는 신생아의 모습을 보았는가? 온몸이 부서지는 듯한 고통을 뚫고 태어나는 생명을 경험하였는가? 책이나 영화에서 보는 것으로는 부모 마음을 이해할 수 없다. 옛말에 애 키워봐야 어른이라는 말이 있다. 자녀 양육 경험이 없는 사람은 아무리 나이가 들어도 진정한 의미에서 어른이 아니다.

인생은 공무원이나 대기업이 다가 아니다. 소득이나 체면이 중요하지만, 삶의 본질이 아니다. 삶이 무엇인가? 사랑이다. 사랑으로 경험하는 행복이다. 아내와 아이가 만족한 표정으로 식사하거나 자는 모습을 보았는가? 그것이 남자의 행복이다. 상장을 받아든 자녀의 자랑스럽고 의기양양한 표정을 보았는가? 그것이 엄마의 행복이다. 이성을 만나 사랑하고 새로운 생명체를 창조하여 그에게서 삶의 의미를 배우거나 깨닫는 것, 그것이 인생이다. 사람이라면 인생을 포기해서는 안 된다.

2021. 2. 11.(목)

━
사랑의 본질
━

사랑은 혁명적이다. 사랑에는 망설임이나 주저함이 없다. 사랑은 격식이나 예의범절이 아니다. 사랑은 충격적이고 파괴적이다.

보통 사람의 경조사 소식에 사람은 놀라지 않는다. 그런가? 벌써 그렇게 되었는가? 하는 정도다. 놀랄 일이 있겠는가? 누구에게나 언젠가 다가오는 관혼상제다. 아침에 해 뜨고 저녁에 해지듯 당연한 일일 뿐이다.

사랑하는 사람이라면 이야기가 다르다. 사랑하는 연인의 다급한 목소리가 전화기에서 흘러나오면 육하원칙을 생략한 채 외친다. "거기 어디야!" 장소 불문하고 당장 달려갈 기세다. 세상에 연인보다 소중한 존재가 있겠는가? 그 연인이 어떤 일로 위기에 처했다면 망설이거나 주저할 여가가 있겠는가? 거두절미하고 최대한 빨리 현장으로 직행할 것이다.

장례식장에서 유가족은 본체만체하고 다짜고짜 영정 앞으로 달려가 쌍욕을 해댄다. "야, 개새끼야. 이게 만나는 거냐? 낼모레 만나자고 하더니 이렇게 만나자고 한 거냐? 쌍놈의 새끼야……" 고인을 모독하는 이 무참한 상황에 유가족은 반응이 없다. 설령 모르는 사람일망정 고인의 친구임을 직감한다. 사랑에는 예의범절이나 격식이 불필요하다. 거칠 게 없다. 사랑하는 사람이 떠났다는데 무얼 따지겠는가?

누군가 중상으로 입원했다는 말에 기절초풍하지 않는다면 아무리 가까운 사이라도 그다지 사랑하지 않는다는 의미다. 사고 소식을 듣는 순간 묻는 말은 한마디다. "죽었어, 살았어?" 돌아가셨느냐, 임종하셨느냐가 아니라 죽음 여부가 절실할 뿐이다. 사랑은 단순하다. 사랑은 사유에 의한 것이 아니라 감각적이고 직관적이며 본능적이다. 반응에 시간이 필요 없고 그 태도는 한결같다.

경조사 소식에 부조할 것인지 망설여진다면 할 필요가 없다. 정말 중요하고 해야 할 사람이라면 망설이지 않는다. 주저하는 이유는 명확하다. 아는 처지에 하지 않으려니 체면이 아닌 것 같고 하자니 돈이 아까운 것이다. 이런 사람에게 부조하면 다음에 돌려받지 못하면 원망하게 된다. 다음을 기약하고 체면상 했기 때문에 상대가 계약을 위반하였다고 생각하는 것이다. 예의상 하는 부조는 거래다.

사랑은 무모하고 비현실적이다. 공정하거나 합리적이지도 않다. 사랑의 농도나 절차를 따지는 사람은 진정한 사랑이 아니다. 자신이 사랑에 빠졌는지, 상대가 자신을 진심으로 사랑하는지는 상황에 따른 전화기 속 목소리만으로 짐작할 수 있다. 사랑은 그 무엇도 초월하는 절대적 가치다.

2021. 2. 11.(목)

사치의 근원

부유층이 주로 거주하는 청담동의 '당근마켓'이 화제다. 샤넬, 디오르, 구찌 등 백화점 명품관을 방불케 하는 중고품이 하루에 수십 개씩 올라온다고 한다. 4,900만 원짜리 명품 아르메스 악어 가방도 거래되고 있다고 한다.

두 눈이 휘둥그레질 정도로 놀라운 일이다. 5만 원, 10만 원짜리 핸드백을 사용해도 큰 불편은 없다. 4,900만 원짜리 핸드백을 사용하면 어떤 좋은 점이 있을까? 불가사의하지 않은가? 그것도 새것이 아니라 중고 가격이다.

사치의 근원은 무엇인가? 왜 시골 집값이나 웬만한 자동차 가격을 능가하는 명품 핸드백을 원하는가? 독일 경제학자 좀바르트에 따르면 인간의 허영심에 그 원인이 있다. 인간은 타인에게 존경이나 칭찬받으려는 욕망, 즉 허영(虛榮)이 있다. 생존 관련 본능을 제외한 거의 모든 욕망의 근원이 허영인 셈이다.

고귀한 신분이거나 풍부한 지식, 절제된 언어 구사와 기품 있는 태도로 타인의 주목과 존경을 아울러 받는 사람은 구태여 사치로 자신을 드러낼 필요가 없다. 오히려 신분에 맞지 않는 검소한 생활이 보통 사람의 외경을 부른다. 평범하고 근검한 태도가 오히려 명예를 높이는 셈이다.

신분이 변변치 않고 풍부한 지식, 훌륭한 언변, 품위 있는 태도를 보이기에 어려운 사람이 타인의 주목을 이끌고 존중받는 건 쉽지 않다. 그러한 행위는 오랜 기간 훈련으로 습관이 되어야 한다. 부유하나 자신을 드러내기를 원하는 사람이 쉽게 할 수 있는 일이 사치다. 몸매를 아름답게 만들거나 말투를 고치는 데는 시간이 필요하지만 호화롭게 보이는 데는 돈으로 충분하다.

누가 사치하는가? 물론 돈이 엄청 많은 재벌이나 유명 정치인, 연예인도 풍족한 생활을 한다. 그러나 그들은 과시적 사치가 없어도 충분히 주목받고 있으며 사회적으로 존중받는다. 사치가 필요한 사람은 어떤 과정으로 쉽게 거부가 된 사람이다. 신분도 학위도 습관도 취미도 하루아침에 바꿀 수 없는 사람이 자신을 드러낼 수 있는 가장 손쉬운 방법이, 누구도 쉽게 살 수 없는 고가의 명품으로 치장하는 것이다. 그 하나로 자신이 소유한 부의 규모를 알 수 있다.

허영과 사치는 자본주의를 끌고 가는 두 바퀴라고 한다. 필요 이상 소비를 해야 더 잘 돌아가는 게 자본주의 시스템이다. 남이 볼 때는 볼썽사나운 과시적 사치도 자본주의 체제를 발전 유지하는

데 중요한 역할을 한다.

사치하는 사람이 불쌍해 보인다. 외화내빈(外華內貧)이란 말이 있다. 사치하는 사람이 전형이다. 지식이나 말과 태도로 드러낼 수 없으므로 물건으로 자신을 표현한다. 물론 4,900만 원짜리 핸드백을 들고 다닌다고 하여 주인의 인격이 올라가지는 않는다. 그래서 골 빈 여자라고 표현하지만 어쩌겠는가? 자신을 드러낼 방법으로 유일한 것을.

사치하는 사람을 비웃는 것으로 끝내서는 안 된다. 골 빈 여자라고 뒤에서 험담하는 사람도 사실은 누구보다 사치하고 싶을지도 모른다. 다만 돈이 없어 사치하고 있지 못하다면 두렵지 않은가? 어떤 계기로 거액의 돈을 획득한다면 뭇 사람이 할 골 빈 사람이라는 조소가. 돈 자랑하느라 흥청망청하는 사람을 비난할 게 아니라 확실한 타산지석으로 삼아야 한다. 그대는 갑부와 졸부를 구분하는가?

2021. 2. 13.(토)

一

한글

一

학창시절 선생님은 우리의 장구한 역사와 뛰어난 문화 문명 사상 전통을 자랑하고, 우리 민족의 우수성을 가르쳤으나 그다지 피부에 와 닿지는 않았다.

말로 설명하는 것은 공허하다. 증명할 수 없는 논리는 허황한 미사여구나 자화자찬일 뿐이다. 역사에서 우리나라가 전 세계를 지배한 적이 있는가? 압도적 문명으로 주변 국가를 선도한 적이 있는가? 인류를 가르친 위대한 사상가가 있는가? 노벨문학상을 받은 문학가가 있는가? 물리·화학·생리학에서 역사에 기록될 만큼 두드러진 학자를 배출했는가?

광개토대왕의 영토 확장을 자랑스러워해서는 안 된다. 현존하는 어느 민족도 한때는 지배적이고 주도적이었다. 광개토대왕이 우리나라 역사에서 가장 넓은 영토를 확보한 왕이라는 건 확실하지만 당시 이웃 나라인 중국의 십 퍼센트에 불과했다.

육안(肉眼)으로 확인할 수 있는 건축물은 어떠한가? 만리장성에 올라서면 인간이 만든 구조물이라는 게 믿기지 않을 정도로 웅장하다. 피라미드와 스핑크스는 어떠한가? 기원전 3000년 전에 만든 것이 믿어지는가? 크레인이 없던 시절이었다. 오직 인력으로 쌓은 거탑(巨塔)이다. 타지마할, 콜로세움, 앙코르 와트는 어떠한가? 그 정교함과 화려함과 웅장함은 인간 능력의 한계를 짐작할 수 없게 한다.

우리가 자랑하는 문화유산은 석굴암과 경복궁 수준이다. 규모나 정교함이나 화려함에서 도저히 비교되지 않는다. 선생님 말씀이 자긍심을 심어주기 위한 방식이었다고 이해하지만, 충분히 동의하기에는 그 차이가 너무 컸다.

겉으로 역사를 볼 때는 크게 자랑스러울 게 없었으나 진정한 역사, 역사 이면을 볼 안목이 생기자 생각이 달라졌다. 세계적으로 유명한 건축물은 예술가의 자발적인 창조물이 아니라, 시대 권력의 응축물이었다. 강력한 독재자가 그 시대 모든 인력과 재산과 시간을 동원하여 만든 서민의 피와 땀과 눈물의 결정체였다.

모든 건축물의 건축 원인과 과정의 역사를 들여다보라. 거대한 건축물은 주로 백성의 실생활에 도움이 되지 않는 궁전이나 사원이다. 역사에서 절대 권력자로 군림했던 왕이나 종교 지도자의 착취와 수탈의 증거다. 수십만 인민이 동원되고 수만 명이 희생된 결과였다. 그런 건축물이 우리나라에 없다는 것이 얼마나 다행인가? 그러한 피와 땀과 눈물이 서린 건축물이 없다는 사실이 얼마나 자랑스러운가?

현재 우리나라 영토가 넓은 편은 아니다. 영토란 것이 스스로 넓어지거나 상대의 자발적 귀순이나 투항으로 확장되는 게 아니라 강제적 병합으로 이루어지고, 그 과정에서 엄청난 인명피해가 발생하는 것이 필연이라면, 역사적으로 거의 고정적인 우리 영토가 얼마나 자랑스러운가? 타민족의 피로 물들인 영토가 아닌 것이 얼마나 다행인가?

정말 자랑스러운 것은 한글이다. 어떤 문자도 자연적으로 발생하고 만들어졌지 누군가의 기획에 따라 만들어지지는 않았다. 존재하는 문자 중 가장 과학적이고 사용하기에 편한 한글만이 세종대왕의 기획으로 만들어졌다. 그 의도는 더욱 칭찬할 만하다. 당시 사용하던 한자와 우리가 사용하는 말이 일치하지 않았다. 당연히 배우고 사용하기에 힘들었고 일반 백성은 대부분 문맹이었다. 인간이 얻는 정보 대부분이 문자에 의한 것이라면 지배층과 서민의 격차는 불문가지다.

서민의 고충을 해결하기 위하여 만들었다는 세종대왕의 훈민정음에 대한 설명을 보면 감동적이다. 어떤 사람이 700년 후의 인터넷과 정보혁명을 예견하고 사용하기 편한 문자를 창조하겠는가? 진정 자랑스러운 것은 넓은 영토를 확보한 개척 군주가 아니라 백성의 무지몽매를 깬 계몽 군주다. 내 견해로는 인류사에 존재하는 가장 훌륭한 성군은 세종대왕이요, 한글은 존재하는 모든 걸 초월하는 가장 위대한 세계문화유산이다.

2021. 2. 17.(수)

주홍 글씨

『주홍 글씨』는 미국의 소설가 너대니얼 호손 작품이다. 주홍 글씨는 간통(Adultery)의 머리글자 A를 간통한 사람의 옷에 새겨 평생 굴욕 속에 살아가도록 하는 처벌이다. 여주인공 헤스터는 간통 상대를 밝히지 않고 딸과 외롭게 살아가지만, 마을 사람의 존경을 한 몸에 받던 청년 목사 딤즈데일은 죄의식에 시달리다가 양심의 가책을 견디지 못해 군중 앞에서 헤스터의 손을 잡고 죄를 고백한다. 죄를 고백한 딤즈데일 목사는 그 자리에서 숨진다. 헤스터는 나머지 생애를 이웃에 대한 봉사와 속죄를 하며 행복하게 생을 마감한다.

과정은 고통스러웠으나 남주인공은 회개 후 삶을 마쳤고, 여주인공도 생을 행복하게 마무리하는 해피엔딩이다. 소설은 해피엔딩이었으나 '주홍 글씨'는 지울 수 없는 영원한 낙인을 의미한다. 사람은 살아서나 죽어서나 주홍 글씨와 함께 하는 걸 두려워한다.

한 달째 이재영·이다영 쌍둥이 자매의 학교 폭력으로 온 나라가 소란하다. 실력과 외모가 빼어난 국가대표 선수의 치부가 드러나자 모두가 놀랐다. 사회 분위기가 가해자를 엄단하고 피해자를 감싸는 것으로 진행되자, 유사한 학교 폭력 폭로가 잇따르고 있다. 가해자와 피해자 모두에게 아픈 상처이고 안타까운 일이지만, 자라는 후손을 위해서는 다행한 일이다. 아무리 오랜 시간이 지나도 죄가 사라지거나 가벼워지지 않는다는 타산지석을 증명하고 있지 않은가?

현재 한국은 폭로 사회다. 예전에도 폭로는 있었고, 악의적인 무고도 있었다. 그러나 사회적으로 이목을 끌 수 있는 수단이 부족했고, 참는 것이 모두에게 이익이어서 웬만하면 참는 게 미덕이었다. 지금은 가해자를 고소하지 않더라도 SNS에 올리는 것만으로 상대가 유명인이라면 삽시간에 온 나라에 퍼진다.

유명인의 병역, 입시 비리가 끊이지 않고 이어지고 있으며 논문 표절, 대리 논문으로 사회적 논란이 발생하고, 오래전 받은 뇌물이나 부동산 투기, 자녀 위장 전입 사실이 밝혀져 장관 인사에서 낙마한 사례가 허다하다. 잇따른 미투로 과거 성폭행이나 성희롱으로 공직에서 쫓겨나거나 사회적으로 단죄되는 경우도 비일비재하다.

현재 대한민국은 모두가 투명한 어항에서 사는 형국이다. 평범하게 살아가는 사람이라면 큰 흠이 되지 않을 일도 성공하는 순간 거대한 부메랑으로 당사자를 덮친다. 성공한 유명인에게는 아무리 사소한 흠도 사소하지 않다. 대부분 관여했던 학교 폭력이고, 대부분 하는 부동산 투기라도 대중에게 용서되지 않는다.

현재는 분명 과거와 다르다. 가진 자에게 억압당하고 살 수밖에 없었고, 강자에게 굴종하였던 것이 과거 당연한 삶이었다면, 현재는 상대가 성공하는 순간 이제까지의 업적을 송두리째 날려버릴 복수할 수단이 있다. 이제 과거 삶의 방식은 유효하지 않다. 어떻게 살아갈 것인가?

법에 저촉되는 행위는 어떠한 일이 있어도 해서는 안 된다. 아니 설령 법이 허용하는 것이라도 양심에 저어되는 행위는 해서는 안 된다. 현재 지나치게 투명한 사회가 아니라 과거에 엄청나게 불평등한 사회였다. 우리 사회는 혼란 속에서도 발전하고 있다. 온갖 사회적 모순과 부조리가 끊이지 않고 있으나 바람직한 방향으로 나아가고 있다.

이미 과거를 지나온 기득권자나 어른들은 떨고 있을 것이다. 과거, 당시에는 아무렇지도 않던 행위가 사회적으로 지탄받는 파렴치한 행위로 만천하에 공개되는 마당에 두려워하지 않을 사람이 누구란 말인가? 다만 당시 피해자가 잊었거나 용서하기를 마음속으로 기도할 뿐이다. 이미 지은 죄는 돌이킬 수 없기에 가슴 조이리며 살아갈 수밖에 없다.

어른들의 위선과 드러나는 주홍 글씨를 조롱만 할 것인가? 자신은 아직 잘못을 범하지 않았더라도 처절한 반성과 끊임없는 성찰을 해야 한다. 하루하루 반성하지 않고 타성에 젖는 순간 돌이킬 수 없는 일이 벌어질 수도 있다. 온갖 기기가 우리를 기록하고 감시하는 사회다. 아무도 모를 것이라는 생각은 무지한 게 아니라 제정신이 아닌 정신병자에 불과하다.

오늘을 돌아보라. 과연 나는 양심에 거리낄 사고나 말이나 행위를 하지 않았는가? 이삼십 년 후 뼈를 깎는 노력으로 이룩한 성취를 일거에 무너뜨릴 발언을 하진 않았는가? 현재는 문제가 되지 않더라도 도덕적으로 진보할 미래에는 범죄가 될 만한 행위는 없었는가? 우리는 매일 성찰해야 한다. 매일 하는 성찰이 음식 섭취나 호흡과 같은 빼놓을 수 없는 생명 활동이라는 것을 자라나는 사람에게 가르쳐야 한다.

2021. 3. 1.(월)

마녀사냥

마녀사냥은 15세기에서 17세기에 이르는 동안 유럽에서 전체적으로 농촌사회가 분열되고 개인 관계가 파국에 이른 혼란 시기 공동체의 희생양이었다. 종교전쟁, 30년 전쟁, 악화하는 경제 상황, 기근, 페스트와 가축의 전염병이 창궐하던 시기에 대중은 연속된 불행에 대한 원인을 찾아야 했고, 불순하고 불길한 마법사와 마녀의 행동에서 찾았다.

공동체의 희생양으로 지목된 사람에 대하여 심판관은 공포심을 자극하는 심문과 혹독한 고문으로 자백을 끌어내었다. 약 10만 명이 고발당해 4만 명이 사망하였다고 한다.

기독교도가 이교도를 박해하기 위한 수단이었던 종교재판은 악마의 지시에 따라 사람과 사회를 파괴하는 마법사와 마녀를 처단한다는 명목의 지배수단으로 바뀌었다. 무질서하고 공포에 사로잡힌 대중에게 마녀사냥은 극적이고 교훈적인 효과 덕분에 금방 번

졌고, 희생양이 필요하던 사람의 마음을 현혹하였다. 사람은 자신의 불행을 외부에서 찾고자 하는 마음이 강하다. 사회 지도층의 분열과 이익 다툼으로 전체적으로 불행했던 당시 희생양은 가장 불우하고 취약한 여성이었다. 기득권은 사회적 최약자를 마녀사냥으로 백성을 억압하고 회유하였다.

광란을 연출하였던 마녀사냥도 18세기 르네상스의 진전과 더불어 점차 사라졌다. 이성적 세계관은 신학에 기반한 과학을 해방하였고, 불합리의 극치인 마녀재판 존립 근거를 해체하였다.

현재는 공식적으로는 마녀재판도 마녀사냥도 없다. 그러나 인터넷의 발달로 개인 언론 완전 개방 상태에서 언제든지 마녀사냥이 재연될 수 있다. 개인이 SNS에 올린 글이 순식간에 전 국민에게 알려지는 사회다. 사소한 실수나 허위 사실이 전파되는 순간 개인의 삶은 완전히 파괴된다. 우리는 언제라도 마녀로 돌변할 수 있는 사회에서 살고 있다. 누군가 그럴듯한 모함이나 무고에 유명인이라면 한순간에 마녀가 된다. 두렵지 않은가? 부와 명예와 권력을 갈망하지만, 그것은 양날의 검이다.

배구계의 학교 폭력이 연일 대서특필 중이다. 삼성화재 박상하는 동창생 납치 14시간 감금·폭행 사실이 제보되어 배구계 전체가 충격에 빠졌다. 박상하는 학교 폭력 사실이 없다고 혐의를 부인했지만 여기저기서 증거와 증언이 계속 쏟아지고 피해자가 대면도 불사하겠다며 강력하게 대응하자 결국 며칠 뒤 학교 폭력 일부를 인정하고 현역 은퇴를 선언했다.

박상하는 은퇴 후 '14시간 감금 및 폭행' 학교 폭력 의혹을 제기한 김 모 씨를 형사 고소했다. 경찰 수사가 진행되면서 김 모 씨의 주장과 반대되는 여러 객관적인 증거가 제시되고 관계자의 증언이 쏟아졌다. 결국, 김 모 씨는 박상하의 법률대리인에게 본인이 유포한 학교 폭력 의혹이 모두 거짓말이었다는 자백을 했다.

박상하의 학교 폭력 수준이 어느 정도였는지 정확히 알 수는 없지만, 우리는 고민해야 한다. 과거의 잘못에 대한 징벌은 당연하다. 그러나 잘잘못 여부를 쉽게 알 수 없는 사안에 대하여 지나치게 과민반응하지 않았는가? 피해자가 사회적 약자라면 충분히 반응해야 한다. 그러나 대등한 관계라면 심사숙고하거나 최소한 법의 판결을 기다려야 한다.

동창생을 납치하여 14시간이나 감금·폭행하였다는 사실에 태연할 수는 없다. 그러나 가해자의 사실이 아니라는 주장보다는 피해자의 폭로가 더 큰 힘을 얻는 이유는 무엇인가? 특종을 원하는 언론의 자극적인 기사에 부화뇌동하여 가해자를 저격하여 인간적 삶이 무너진다면, 법정에서 다른 결정을 내리더라도 다시 돌아갈 수 없다.

마녀사냥이 무엇인가? 광신적 교도를 선동하여 무고한 사람을 희생양으로 지배체제를 공고히 한 기득권의 음모 아니던가? 사회적 불평불만을 무마하기 위한 지배자의 교묘한 술책 아니던가? 우리 스스로 마녀재판관이 되지 않아야 한다. 성공하는 순간 누군가의 획책에 따라 자신도 마녀로 희생될 수 있다.

　우리 사회는 빠르게 발전하고 있다. 여전히 가진 자가 유리하고 편하게 살아갈 수 있는 구조지만, 약자도 한 방이 있다. 권력이나 부가 언론을 오로지하던 시대에 국민 개인은 철저히 외면되었다. 유일한 저항 방법은 데모나 시위 같은 집단행동이었다. 지금은 청와대 청원이나 동영상 언론 제보, SNS에 올리는 것으로 가진 자를 저격할 수 있다. 약자도 자신을 방어할 수 있는 좋은 사회가 된 것이다.

　만사에 좋은 점만 있을 수는 없다. 수많은 순기능에도 불구하고 우리는 조심해야 한다. 인간은 근본적으로 타인이 자신보다 우월하거나 잘 되기를 바라지 않는 존재다. 선망이 지나치면 언제라도 파괴 본능이 꿈틀거린다. 성공한 사람에게 가하고 싶은 악의적 모함이나 폭로를 우리가 구별할 수 있는가? 가해자가 유명해지고 싶은 욕망이나 어떤 이익을 위한 술책이었다면 뒤늦게 피해자에게 보상할 방법이 있는가?

　몇 년 전부터 성추행이나 성폭력에 대한 폭로, 이른바 미투가 대유행이었고, 현재는 학교 폭력이 뉴스 면을 도배하고 있다. 강자 위치에서 자행한 약자에 대한 억압과 폭력은 근절해야 하고 엄단해야 한다. 그러나 이러한 사회적 분위기에 편승하여 유명인의 사소한 실수를 이용하여 이익을 보려는 사람이 있다면 일벌백계해야 한다. 모함이나 무고는 성추행이나 학교 폭력보다 더 큰 상처를 남길 수도 있다.

　개인 언론 완전 개방 사회에서 삶의 방식은 어떠해야 하는가? 시비(是非), 선악(善惡), 진위(眞僞)를 구별하기 어려운 정보의 홍수 속에서 우리는 무엇을 선택하고 어떻게 판단할 것인가? 한 가지 사실은 자명하다. 성공한 자에 대한 거짓 폭로로 유명해지거나 이익을 보려는 자가 설 자리가 없는 사회를 만들어야 한다. 모함이나 무고, 허위 사실 유포를 절대로 용서해서는 안 된다.

2021. 4. 20.

一
김치
一

김치는 우리나라 대표 음식이다. 중국이나 일본에도 유사 음식이 있고, 김치 종주국 논란이 있지만, 한국인이라면 김치가 한국의 전통 발효음식이라는 데 의심하는 사람은 없다.

세계가 지구촌으로 묶이고, 한국의 경제성장과 맞물려 한국 문화가 세계로 소개되고, 한국인의 세계 여행으로 많은 사람이 한국인이 즐겨 먹는 김치를 알게 되었다. 김치에 대한 효능·효과도 보도되어 외국인도 김치를 즐기는 사람이 많다.

김치가 지금은 건강식으로 각광(脚光) 받지만, 김치의 역사에는 우리 민족의 애환이 담겨 있다. 사계절이 뚜렷하고 먹을 것이 절대 부족하던 계절, 겨울은 힘든 시기였다. 쌀이나 밀은 보관이 쉽지만, 겨울에 신선한 채소를 구할 수 없었다. 장기간 신선한 채소를 먹기 위하여 염장(鹽藏)하였고, 이것이 발전하여 김치가 되었다.

단백질 섭취가 어려웠던 조상은 생선 찌꺼기를 염장하여 젓갈을 만들었다. 김치에 젓갈로 간을 하면서 더 빠르게 발효되고 맛과 건강에 좋은 음식으로 발전하였다. 사시사철 고기나 야채(野菜)를 충분히 먹을 수 있었다면 김치가 다양한 형태로 발전할 수 없었을 것이다. 겨울에 영양가 있는 반찬이 절대 부족하던 시절, 생존을 위해 고안한 음식이 김치다.

지금은 김치 없는 밥상을 상상할 수 없을 정도로 배추김치, 열무김치, 동치미, 깍두기를 즐기지만 사실 어려서는 김치를 좋아하지 않았다. 먹는 게 최대 과제였던 육십년대 배추김치, 무김치, 간장, 고추장 기본 반찬에 철마다 김칫국, 시래기 된장국, 김치찌개, 시래기 된장찌개, 쌈 채소가 하나 정도 추가되는 게 전부였다. 겨울철에는 김치와 김칫국이 거의 전부였다. 반찬이라고는 사실상 김치밖에 없었다. 아무리 김치가 맛있는 음식이라도 일년 내내 그것만 먹는다면 맛이 있겠는가? 그래서 간혹 먹는 콩나물이나 두부찌개 맛이 환상적이었다.

엊그제 중국의 김치 제조 공정 동영상이 보도되면서 난리가 났다. 시커먼 구정물에 수만 포기의 배추를 넣고, 알몸의 남자가 녹슨 굴착기(掘鑿機)에 절인 배추를 담는 모습이었다. 보기에 쓰레기보다 더러운 모습이었다. 한국에 보도되어 여론이 들끓자 중국 정부에서는 수출용이 아니라고 해명했으나 오히려 타는 장작에 기름을 부은 격이었다. 중국인은 그걸 먹어도 되는가? 중국인이 먹는 걸 외국에 수출하지 않겠는가?

집에서 직접 담가 먹지 않는 김치는 중국산이 점령한 지 오래다.

가격 차이가 너무 난다. 배 정도 차이라면 어려움을 감수하고라도 국산을 사용하는 식당이 있을 것이다. 그러나 자본주의 사회에서 칠팔 배 가격 차를 극복할 방법은 없다. 이유는 알 수 없으나 가격 차가 너무 크므로 스스로 먹을 게 아닌 이상 중국산을 이용한다.

중국과 임금 차이가 있더라도 운반비 등을 고려할 때 그렇게 큰 차이가 나는 게 의문이다. 제조 과정에 문제가 있었다. 돈이 가장 중요하고, 가격이 시장을 지배하는 자본주의 사회에서 생산자는 생산원가를 최대한 낮추려고 하고, 소비자는 가장 낮은 제품을 선택하는 것은 어쩔 수 없는 법칙이다. 소비자가 최저가를 선택하는 한 생산자는 저가를 위하여 재료와 제조 과정을 문제 삼지 않는다. 값싼 제품의 생산을 위하여 재료의 품질과 비위생적 제조 공정 개선을 고려하지 않는다.

자본주의 사회에서 돈이 중요하다. 돈을 모으기 위해서는 최소한으로 소비하는 것이 타당하다. 그 결과 겉으로는 비슷해 보이지만 최악의 제품을 사용할 수밖에 없는 현실이다. 우리는 비위생적인 음식을 감내해야 하는가?

소비자가 태도를 바꾸어야 한다. 무조건 싼 것보다는 요모조모 따지고 확인하는 습관을 들여야 하고, 싸더라도 원산지가 의심스럽거나 위생상태가 미흡한 제품은 선택하지 말아야 한다. 다섯 배가 비싸도 국산을 선택하는 소비자가 는다면 생산자도 생각을 달리할 것이다. 깨끗한 제조 공정을 홍보하는 질 좋은 브랜드를 지향할 것이다.

정부에서는 솜방망이 처벌을 해서는 안 된다. 영세업자라고 하여 관용을 베풀어서는 안 된다. 원산지를 속이거나 비위생적 제조 유통에 관여한 사람은 동종 업계에 종사할 수 없도록 엄벌해야 한다. 일벌백계로 이익을 위하여 안전을 소홀히 한다는 발상 자체를 없애야 한다.

자본주의의 단점은 많다. 설명할 필요가 없을 정도로 문제가 많은 현 자본주의 체제지만, 대체할 더 안전하고 공정하며 자유로운 체제는 없다. 아무리 불편하고 마음에 들지 않더라도 자본주의 체제를 거스를 수 없다면, 우리가 선택할 수 있는 건 최소한의 안전을 위한 자발적 행동이다. 생산자나 판매자의 양심에 호소하는 건 한계가 있다. 소비자의 철두철미한 관찰과 품질의 선택, 정부 당국의 철저한 관리 감독과 위반자에 대한 엄격한 처벌이 국민 건강을 지키는 유일한 길이다.

지금 당장 할 수 있는 일은 중국산 김치를 사용하는 식당을 이용하지 않거나, 어쩔 수 없이 이용하더라도 김치 섭취를 거부하는 것이다. 소비자의 태도가 세상을 바꾼다.

2021. 3. 17.(수)

민족주의

판타지 사극 SBS '조선구마사'의 역사 왜곡 논란으로 방송이 종영되었으나 후폭풍이 거세다. 훗날 세종이 되는 충녕대군이 기생집에서 구마사제를 접대하는 장면이 문제의 시발점이었다. 기생집 분위기가 중국풍이었는 데다 술상에 중국 음식인 월병, 피단(皮蛋), 만두 등이 올라와 논란이 됐다. 최근 김치나 한복이 자신의 문화라고 주장하는 중국의 역사 왜곡 동북공정에 빌미를 줄 수 있다는 우려에서 국민적 공분을 일으켰다. 강압적 민족주의를 주입받은 기성세대에 비하면 상대적으로 개방적일 것 같은 신세대도 의외로 민족주의 성향이 강하다.

유튜브와 넷플릭스 등 글로벌 OTT의 부상으로 궁지에 몰린 지상파 방송사가 자극적 소재로 시청률을 높이려다 일어난 참사였다. 방송 후 제작비 충당을 위해 중국 시장 재판매를 염두에 둘 수밖에 없는 처지에서 중국 시청자를 의식한 소재나 문화 코드를 무분별하게 사용하다 발생한 문제였다. 과거 논란이 되더라도 방송

중단까지 이른 것은 초유의 사태였다. 드라마 제작진의 고심이 깊어질 수밖에 없다.

민족주의는 여러 기준이 있으나 대체로 혈연, 역사, 문화, 언어, 종교, 영토를 공유하는 집단정체성이다. 19세기 근대국가의 기준이 민족국가였다. 근대 이전에도 민족이나 국가에 대한 개념과 정체성을 유지하려는 시도가 있었으나, 19세기처럼 철저한 것은 아니었다. 이전에는 국경도 확실치 않았고 국경을 넘나드는 것도 비교적 자유로웠다.

일제강점기라는 특이한 근대를 지낸 우리나라는 해방 후 정립해야 할 개념이 무수하였다. 해방 당시만 하더라도 이씨 왕조로 뒤돌아갈 것으로 믿는 사람이 상당수였다고 한다. 민주공화국이 수립되었으나 의미를 이해하는 사람은 소수였다.

해방 후 이념 대립의 혼란과 동족상잔의 비극을 경험한 후 한국에 필요한 건 전 국민의 건전한 시민의식이었다. 미약한 국력과 남북 대치상태에서 택한 생존전략은 반공과 애국이었다. 국가에서는 체계적으로 반공과 애국 의식을 주입하였다.

세상에 존재하는 최악은 공산당이었고 최선은 애국이었다. 칠십 년대 이전에 태어나 교육받은 사람은 반공과 애국·애족하는 민족주의가 최선의 가치로 배웠다. 국가를 위한 희생은 영광이었고 길이 후손에 물려줄 영예였다. 일제 패망 당시 가미가제(神風)와 큰 차이가 없다. 현재 오십 대 이상은 강요된 민족주의자다.

모순되게도 강제된 교육은 영원하지 않다. 살아가면서 스스로 반공과 애국애족 민족주의가 최선의 가치가 아님을 깨닫게 되었다. 빠른 사람은 젊어서 이미 깨닫고 자신의 삶에 몰두하지만 늦어도 쉰 살 이후에는 깨닫게 된다. 나는 늦은 편이었다. 사십 대까지도 애국애족이 최선의 가치이며, 국가발전과 민족의 영광이 실현해야 할 지상과제라고 믿었다. 현재 손흥민과 류현진의 활약에 열광한다면 증후군이 남아 있는 상태다.

강제교육을 받은 기성세대가 국뽕의 기운은 남았더라도 애국이 최상의 가치가 아니라는 걸 알지만, 의외로 강압적인 교육을 받지 않은 신세대도 민족주의자다. 인간은 누구나 보수적이다. 하찮은 전통일망정 자신의 정체성과 관련된 부분을 지키려고 노력한다. 강제 세뇌 교육을 받지 않았으나 신세대는 스스로 민족주의자가 되었다. 기성세대는 상상도 하지 못할 인터넷을 통한 외국인과의 직접 교류 때문일 것이다. 일본이나 중국 네티즌과의 설전에서 자연스럽게 민족주의자가 되었다. 상대가 집단으로 우리를 폄훼한다면 감정상 묵과할 수 없다.

군사정권 시절 그렇게 강제로 주입하려고 했던 민족주의, 국수주의는 신세대까지 자연스럽게 심어졌다. 자신의 공동체를 지키려는 것은 본능이다. 생명체 본연의 모습이다. 그렇더라도 애국이 최선의 가치는 아니다. 애국은 외부에서 공동체를 무너뜨리려는 시도가 있거나, 구성원의 극단적 이기주의가 만연하여 공동체가 위기에 처할 때만 최선의 가치가 된다.

일본의 극우세력이 혐한을 외치거나 중국이 동북공정으로 우리

역사를 왜곡할 때 우리가 대동단결하여 대항하듯이, 우리가 반일 반중을 외친다면 그들도 반한 혐한으로 뭉칠 것이다. 일부러 아부할 필요는 없겠으나, 지난 과거를 빌미로 끈질기게 괴롭히는 것도 현명한 처사는 아니다. 현재 우리 지역감정의 역사를 돌아보라. 우리가 뭉치면 상대도 뭉친다. 같이 뭉치면 숫자로도 일본이나 중국에 불리하다.

공동체를 위한 헌신이나 희생은 고귀한 것이다. 그러나 만사 과유불급이다. 내부적으로 극단적 개인주의로 질서가 무너지지 않는 한, 외부에서 강압적으로 우리 공동체를 무너뜨리려고 획책하지 않는 한, 지나치게 애국애족을 강조해서는 안 된다. 묵자나 양자나 예수의 가르침을 따르는 것이 현명하다. 지구촌으로 묶인 오늘날 우리가 추구해야 하는 가치는 한민족만의 번영과 영광이 아니라 전 인류의 공존공영이다. 적을 없애라는 묵적과 우리를 없애라는 양주와 원수를 사랑하라는 예수의 말의 의미를 이해하고 좇아야 한다.

2021. 3. 27.(토)

징병제와 모병제

대부분 국가에는 군이 존재한다. 치안 유지를 위한 경찰만 운영하는 국가가 존재하나 예외적이다. 군은 체제 유지를 위한 최후의 보루다. 국민과 영토와 정부로 구성되는 국가를 지키는 물리적 힘이다. 국가를 위협하는 내외부 세력에 무력으로 대응하는 유일한 조직이다.

유사 이래 군이 없는 국가는 존재하지 않았다. 약한 군대를 가진 나라도 존재할 수 없었다. 고대에는 인간 자체가 유사시 군사력이었다. 전쟁에는 남녀노소 구분 없이 모두 강제로 투입되는 실정이었다.

무기체계가 발달하여 전문화 고도화한 군대로 전환된 근대 이후 개념이 현대화하였다. 남성에 대한 징병제가 일반적이었으나 2차 세계대전 후 원자폭탄에 의한 전쟁 억제력이 커지면서 군대 규모가 대폭 축소되었다. 당면한 위험이 줄어든 나라는 징병제의 필요성이 줄어들어 모병제로 대체되었다. 아직도 많은 나라가 징병제거나 모병제를 병행하고 있으나, 모병제로 전환되는 추세다.

한국에서도 징병제와 모병제에 대한 토의가 격렬하다. 120만 명의 당면한 적군이 존재하는 상태에서 병역 자원은 줄고, 남녀차별과 가산점이 문제가 되어 남녀평등 병역 주장까지 제기되는 상황이다. 한국은 남성 징병제에서 여성까지 포함한 징병제로 전환할 것인가, 또는 모병제로 전환해야 하는가?

현재 대한민국 군대는 큰 틀에서는 남성 징병제이지만 모병제 성격도 일부 포함된다. 전체 병력 55만 중 1만여 명의 여군이 복무 중이다. 병역의무가 없는데도 직업으로 군을 선택하여 장교와 부사관으로 복무 중이다. 의무복무를 마친 병사를 대상으로 선발하는 임기제 부사관 제도도 있다. 병장까지 근무한 뒤 본인 의사에 따라 하사로 연장 근무할 수 있다. 여군과 임기제 부사관 제도는 강제가 아니라 본인의 선택이라는 점에서 모병제 성격이다. 한국은 이미 남성 징병제에 모병제를 병행하고 있는 셈이다.

부분적으로 모병제를 시행하고 있으나, 전면적인 모병제로의 전환은 위험이 따르는 국가적 모험이다. 국가든 인간이든 사망은 돌이킬 수 없기에 국가 안보를 책임질 군의 변화는 신중에 신중을 기하여야 한다. 인간에게 건강이 소중하듯 국가는 안보가 최우선이다.

모병제로의 전환은 당면한 문제점을 해결할 좋은 방안으로 보인다. 인구절벽에 따른 병역 자원 감소, 남녀 병역 차별, 병역 비리,

청년 실업을 해결할 최상의 카드다. 짧은 의무복무 기간으로 부족한 병역 자원은 모병제로 전환하면 20년 이상 근무 가능하므로 일거에 해결된다. 남성에게만 부여된 병역의무와 가산점으로 불거진 남녀평등 논란도 사라진다. 군에 가지 않으려는 온갖 편법이나 부정도 일소된다. 거기에 신체적으로 건강한 젊은이라면 누구나 지원할 수 있어 가장 큰 사회 문제로 대두한 청년실업을 일거에 해결할 수 있다.

많은 장점으로 국민 다수가 모병제로의 전환을 환영한다. 큰 틀에서는 모병제가 바람직하지만, 세부가 중요하다. 아무리 이상적인 방안이라도 사소한 빈틈이라도 안보위기를 맞을 수 있다. 모병제 전환에 따른 병사 임금 인상으로 대폭 늘어날 국방예산도 문제다. 어떻게 하면 늘어나는 예산을 해결하면서 안보위기 없이 모병제를 정착시킬 것인가?

병력 규모를 당장 줄이는 것은 북의 도발을 유발할 위험이 있다. 전쟁 승패가 중요한 게 아니라 발생 자체를 막아야 하는 처지에서 현명한 선택은 아니다. 병력 규모를 줄이지 않으려면 막대한 예산이 필요하다. 해결방안은 모병제로 바로 전환하는 게 아니라 병행하는 것이다.

남성 징병제의 틀을 유지하면서 '유료 병역면제 제도'를 시행하는 것이다. 병사 연봉을 3,000만 원으로 한다면, 2년 병사 임금에 상당하는 금액 이상 기부하는 자에게 병역을 면제하는 것이다. 조사해 봐야 하겠지만 6,000만 원에서 1억 2000만 원 정도 기부하고라도 병역면제를 원하는 사람이 상당수라면 늘어나는 예산을 해결할 수 있다. 줄어든 병력은 희망자에 대한 복무기간 연장과 여성 복무희망자로 대체한다. 2년을 마친 사람 중 유능한 자원을 직업군인으로 선발하는 것이다. 전체 병력을 유지하면서 소집되는 인원, 장기복무로 전환되는 비율은 세부 연구가 필요하다.

사실 예산보다 더 큰 문제는 현재 군구조 개혁과 모병제에 따른 장교 부사관 충원 문제다. 전면적 모병제 전환이 불가능한 이유는 사관학교 출신 장교보다 훨씬 많은 ROTC나 학사 장교를 충원할 방법이 없어서다. ROTC나 학사 장교는 징병제에서 가능한 제도다. 의무복무가 사라져도 희망하는 사람이 있을지는 미지수다. 그런 의미에서도 전면적인 모병제 전환보다는 10년 또는 20년의 과도기적 병행 시행이 필요하다.

모병제로 전환을 위해서는 부대와 계급구조의 개혁이 필요하다. 줄어드는 장교 인원을 고려하여 중대장을 소위로 바꾸고, 현재 모든 대위는 소위·중위로, 모든 소령은 대위로 계급을 변경하여 소위에서 중령까지 계급별 인원 구성이 완만한 피라미드 형태에서 급격한 형태 또는 항아리 형태로 바꾸어 직업 보장을 향상해야 한다. 현재 부사관은 장기복무 병사로 대체하고 소대장은 중사가 대신해야 할 것이다.

말은 쉬우나 현재 복무하는 사람의 진급 관리와 병과를 고려한 단계별 병력, 계급, 부대구조를 바꾸는 자체가 모험이다. 군별 분야별 갈등으로 엄청난 혼란이 발생할 수 있다. 군의 혼란이란 곧 국가 안보위기다.

긴 공론화 과정과 반복적인 복수 전문기관 연구가 필수적이다. 자동화와 인공지능화가 우리의 선택 여부와는 무관하게 진행되는 것처럼, 우리의 검토나 모병제 추진 여부와는 무관하게 상황은 바뀌어 갈 것이다. 이건 선택의 문제가 아니라 어떻게 절묘하게 혼란을 최소화하면서 전환할 것인가의 문제다.

인구절벽에 따른 병역 자원 감소가 문제라지만, 더 큰 문제는 청년실업이다. 청년실업을 해결할 뿐만 아니라 해묵은 남녀차별과 병역 비리 문제까지 일거에 해소할 수 있는 게 남성 징병제에 기반한 모병제 병행이다. 물론 일정 기간 유료 병역면제(기여면역) 제도가 포함되어야 한다. 혼란과 위험이 예상되지만, 당면한 위기 상황을 극복하기 위해서는 철저한 조사와 사전 검토를 통한 모병제로의 과도기적 전환이 필요하다.

2021. 5. 23.(일)

군인다운 군인

성추행당한 공군 여군 중사의 극단적 선택이 일파만파로 번지고 있다. 공군참모총장이 사퇴하는 초유의 사태가 벌어졌으나 잠잠해질 기미가 보이지 않고 있다. 아니 오히려 과거 있었던 불상사까지 불거져 나와 국민을 분노하게 하고 있다.

공군 법무관은 7개월간 19일밖에 출근하지 않고 무단결근과 허위 출장을 일삼다 적발되었다. 일부 군의관은 실리콘 지문으로 대리 출근을 하였으며, 3년간 124번이나 지각한 군의관도 있었다. 상병이 야전삽으로 여군 대위를 폭행하고, 남성 부사관이 집단으로 남성 장교를 성추행한 사건도 조명되었다. 현재 장교는 적과 싸우는 게 아니라 민원과 싸우며 병사 눈치를 본다고 한다. 흔한 말로 개판이요, 난장판이 따로 없다.

어쩌다 이렇게 되었을까? 군의 존재 이유가 무엇인가? 대내외 위협에 무력으로 대응하여 국가 체제와 국민의 생명과 재산을 지키는 것 아니던가? 유사시 조국을 위하여 헌신해야 할 군인이 이러한 태도와 정신으로 임무를 완수하겠는가? 사망한 공군 중사가 안타깝고, 인권유린이 아직도 버젓이 존재하는 군 현실에 대한 분노보다도 국가 안보가 염려스럽다.

언제부턴가 지휘관은 전술 전략 연구와 정예전사 양성보다 사건·사고 예방이 주 임무가 되었다. 평화가 장기간 지속하고 인권이 강화되는 추세에 따라 사소한 군내 사건·사고가 자주 언론에 보도되어 문제가 되자 이를 방어하는 데 주력한다. 주적이 북한이 아니라 언론이나 국민이 된 셈이다.

민간 변화 추세만큼 따르지 못한 군대 문화도 문제지만, 대부분 하나밖에 없는 아들 신상에 대한 과도한 관심과 관여가 부른 세태다. 병사를 육체적 정신적으로 강하게 훈련하여 정예 강군을 육성해야 하는 장교가 민원 발생 억제를 위하여 병사 눈치나 봐야 한다는 사실이 어처구니없지 않은가?

부대를 책임지는 건 지휘관이다. 전쟁의 승패도 부대 내 사건·사고도 지휘관 책임이다. 전시에는 전쟁 승리와 아군 피해 최소화가 중요하지만, 직접적인 교전이 없는 평시에는 사건·사고가 지휘관 평가요소로 부각된다. 사건·사고가 발생하면 회유, 축소, 은폐 유혹이 따를 수밖에 없다. 그렇다고 사건·사고에 지휘 책임을 묻지 않는다면 지휘관의 관심에서 멀어져 더 많은 사건·사고가 발생할 것이다. 언론에서는 축소·은폐하려는 군 행태를 비난하지만 이런 속사정이 있다. 이러지도 저러지도 못하는 군 지휘부의 딜레마다.

사건·사고가 지휘관 진급이나 영전과 직접 연결되어 여러 어려움이 있지만, 군의 의식 전환이 필요하다. 지휘관이 모든 걸 책임지는 건 맞다. 사건을 축소, 은폐하고 싶은 유혹이 인간 본성이겠으나 상황을 이해해야 한다. 현대는 투명사회다. 어디에선가 감시 중이다. 축소·은폐가 일시적으로 성공하더라도 영원할 수 없다는 사실을 깨달아야 한다.

사건·사고를 막기 위해 최선을 다하는 게 당연하지만, 일단 발생한 사고에 대해서는 피해자를 확실히 보호하고 가해자 처벌은 신속하고 엄정해야 한다. 지휘 책임이 따르겠지만, 이미 엎질러진 물이다. 주워 담을 수 없는 물에 연연하여 과거와 같이 피해자를 회유하고 가해자를 솜방망이 처벌한다면 돌아오는 건 진급이나 영전이 아니라 불명예제대일 것이다.

군 내부에서 처리하는 사법체계도 문제다. 사건·사고가 미치는 영향이 넓다 보니 많은 연루자가 여러 경로로 사건 축소를 도모한다. 처벌이 제대로 이루어지지 않는 이유다. 처벌이 제대로 이루어지지 않다 보니 군내 악·폐습이 쉽게 사라지지 않는다. 구타, 음주운전, 성추행을 근절하는 가장 효율적인 방안은 반복적인 교육보다 강력한 처벌이 최선이다. 일벌백계가 백문이 불여일견이다. 말보다는 보여주는 것이다. 그것을 위해서는 평시 군 사법체계 민간 이양을 검토해야 한다. 데프콘 증가 상황에 따라 전시에는 군으로 전환하는 방안을 강구 해야 한다. 재판 결과에 지휘관 자신도 영향을 받는 사법체계가 공정하게 작동할 리 없다. 정예 강군과 군사기를 위해서도 법을 엄정하게 집행하여야 하고, 평시 사법체계는 민간에 이양해야 마땅하다.

정치인은 정치인다워서는 안 되지만, 학생이 학생다워야 하고 선생이 선생다워야 하듯, 군인은 군인다워야 한다. 군인다운 군인이 무엇인가? 잘 모르겠으면 초등학교 때 처음 국군 아저씨께 썼던 위문편지를 떠올리라. 그때 상상했던 군인이 누구인가? 그 군인과 현재 병사라면 자신과 비교하면 된다. 어려서 자신이 연상했던 군인이 오늘 자신의 모습인가?

부족하다면 스스로 바꿔나가야 한다. 늠름하고 당당한 태도, 우렁찬 목소리, 정의감과 사명감에 불타는 강인한 정신으로 무장해야 한다. 군인에게는 군인다운 군인이라는 말이 최고의 찬사가 되어야 한다. 그대가 현재 군인이라면, 군인답다는 말이 최상의 찬사로 들리는가?

2021. 6. 10.(목)

버터

버터가 화제다. 우유의 지방을 분리하여 응고시킨 버터가 아니라 방탄소년단의 노래 버터 말이다.

그룹 방탄소년단 두 번째 영어 곡 버터가 미국 빌보드 싱글 차트에서 4주 연속 1위를 차지하여 화제다. 지난해 통산 3주간 1위를 기록했던 첫 영어 곡 다이너마이트의 기록을 깼다. 발매 후 핫 100 정상으로 직행한 곡은 빌보드 역사에서 54곡뿐이며, 4주 이상 연달아 1위를 지킨 곡은 버터를 비롯해 13곡밖에 없다고 한다.

음악과 가요에 문외한인 나에게 빌보드 차트 1위가 무슨 의미인지 와닿지 않는다. 다만 뉴스에서 화제가 되는 걸 보니 대단한 일일 것이라는 짐작과 4주 연속 1위가 드물다는 데서 힘든 일을 했다는 느낌이 올 뿐이다.

몇 년 전부터 방탄소년단이라는 말을 가끔 보고 들은 적은 있지만, 그 의미는 알 수 없었다. 방탄 국회라는 말에서 청소년 사이에

왕따 당하는 아이들 모임 정도로 알았다. 작년에 다이너마이트가 빌보드 싱글 차트 1위로 대대적인 언론 보도로 비로소 다이너마이트가 폭약이 아니라 노래고, 방탄소년단은 불량 청소년 조직에 대항하는 모임이 아닌 아이돌 그룹임을 알았다. 그리고 나는 잘 모르지만 전 세계에 엄청난 팬을 거느린 이 시대의 우상이라는 것도 알게 되었다.

방탄소년단의 공식 팬클럽 이름은 아미(ARMY)다. 아미는 육군, 즉 군대라는 뜻으로 방탄복과 군대는 대부분을 함께 하므로 방탄소년단과 팬클럽도 항상 함께하라는 의미이며, ARMY는 Adorable Representative M.C for Youth의 약자이기도 하다. 청춘을 위한 사랑스러운 대변인 MC라는 뜻이다. MC는 일반적인 의미로는 진행자라는 뜻이며, 힙합계에선 힙합 장르를 전문으로 하는 래퍼를 뜻한다.

보통 K-POP 아이돌 팬클럽 회원의 국적은 1위가 한국이고 2위가 일본, 3위부터는 동남아시아 국가로 나열되는 데 반해 방탄소년단은 미국 팬덤이 한국과 견줄 정도로 숫자가 압도적이다. 그밖에도 미국에서 유튜브 실시간 트렌드 1위를 하고 아시아 문화에 보수적인 유럽에서도 트렌드 상위권에 머무는 등, 서구권 아미가 엄청난 활약을 하고 있다.

방탄은 총알을 막아낸다는 뜻이다. 방탄소년단은 "10대가 살아가면서 겪는 힘든 일, 편견과 억압을 우리가 막아내겠다는 심오한 뜻을 담아 냈다."라고 밝혔다. 빠르게 변하는 한국 사회에서의 치열한 경쟁은 아마 아이들에게는 지옥과도 같을 것이다. 총알이 빗발치는 전쟁터와 같은 현실에서 살아나겠다는 간절한 바람이 녹아 있고, 그룹 이름대로 청소년에게 힘과 용기를 주는 가사와 음정이 말이 통하지 않는 전 세계 또래에게 통한 것이다.

위기는 기회라는 말이 있다. 누구나 절체절명의 위기는 싫어한다. 그러나 위기를 뚫고 살아남는다면 성장한다. 전 세계에서 가장 빠르게 변화하는 대한민국에서의 생존은 쉽지 않다. 헬조선이라고 분노하는 젊은이의 처지가 안타깝다. 역설적으로 비교할 수 없을 정도로 열악한 상황을 견딘 후의 내공은 놀랍다. 자원도 거대 시장도 없는 대한민국이 세계에서 누리는 위상이 무엇이겠는가? 국민 개인의 처절한 생존 경쟁 결과다.

어렵고 고달프고 긴 과정이겠지만, 모든 젊은이가 참고 견디어 그 과실의 달콤함을 누리기를 바란다. 국민 다수가 방탄소년단이 될 수는 없어도 가족과 단란한 시간을 보낼 정도의 안락을 누리기를 바란다.

방탄소년단 RM, 진, 슈가, 제이홉, 지민, 뷔, 정국 일곱 명의 젊은이를 응원한다. 경제적으로 국가에 공헌하고, 한국 문화의 우수성과 저력을 만방에 떨친 것을 제외하고라도, 십 대가 살아가면서 겪는 편견과 억압을 막아내겠다는 걸 생각하고 실천한 용기와 험난한 길이었을 게 분명한 과정을 이겨내고 목표지점 이상으로 비약한 데 대하여 찬사와 박수를 보낸다. 영원히 현재 위치를 고수할 수는 없을 테지만 훗날 비틀스처럼 클래식의 반열에 오르기를 바란다.

아침부터 전해진 좋은 소식에 컴퓨터를 켜고 버터를 클릭하였다. 동영상으로 직접 감상(感賞)하려 하였으나, 역시 내 음악 감성은 평범에 모자란 듯하다. 다이너마이트와 마찬가지로 버터도 별다른 감흥을 일으키지 못했다.

나는 그저 정서적으로 예민했던 청소년기에 접한 트로트나 포크송 발라드나 들어야 할 운명인 듯하다. 젊은이와 함께 느끼고 즐거워할 수 없어 아쉽지만 어쩌랴! 내가 느낄 수 없더라도 다수 인류가 방탄소년단의 노래에 감동하고, 감동에 힘입어 행복한 시간을 보내기를 희망한다.

2021. 6. 22.(화)

나 / 의 / 조 / 국 / 대 / 한 / 민 / 국

제3부

사유 또는 반성

타인의 결점은 우리 눈앞에 있고,
우리 자신의 결점은 우리 등 뒤에 있다.

-세네카

나를 죽이지 않은 시련은
나를 더 강하게 만들 뿐이다.

-니체

━
소꿉장난
━

아직 다 산 것은 아니지만 지금까지의 삶을 뒤돌아보니 시간으로는 한순간이었고 치열한 경쟁과 고심의 결단과 격렬했던 감정의 기복이 한낱 꿈이거나 소꿉장난이었던 것으로 여겨진다. 소꿉장난이 무엇인가? 아직 초등학교 입학 전 철부지 시절에 어른 흉내를 내며 놀던 유치한 놀이가 아니던가?

공산당을 박멸하는 장군으로 활약하고, 대한민국 대통령이 되어 조국의 영광과 번영을 이끌겠다던 꿈 자체가 허황하기도 하였지만, 그 꿈이 옳은 것도 선한 것도 훌륭한 것도 아니었다.

유치하다고 할 수도 있는 거창한 꿈을 가지고 군에 입문하여 얼마나 치열하게 살았던가? 새벽 다섯 시에 기상하여 출근하고, 야근을 밥 먹듯 하면서 윗사람 아랫사람에게 욕먹고 욕하는 것은 예사, 모든 행위는 조국의 발전과 영광이라는 구호 아래 용인되었다. 지나고 나서 후회와 반성도 하였으나 이미 상처받은 사람에게는 무용지물이리라!

비행단이나 대대의 발전과 영광이 곧 국가 안보와 번영을 보장할 것으로 철석같이 믿었던 게 지금 생각하면 의아하지만, 스스로 확신하지 않으면 불편·부당한 명령을 전달하기에 곤란했으므로 내 행위를 정당화하기 위해서라도 정부나 상관의 지시는 무조건 옳다는 자기 세뇌를 하였다.

공군본부에서 탄약시스템 정보화 사업을 할 때는 조국의 미래를 설계한다는 막중한 책임감으로 주말까지 자발적으로 근무하였으나 일종의 과대망상이었다. 열심히 일한 것이 잘못이었다고 할 수는 없더라도 가족이나 자신에게 충실할 수 없었던 것은 착각이나 무지의 발로였다.

중령 대령 진급 대상자일 때는 초조하였어도 진급 자체는 자신 있었다. 그것 역시 착각이었다. 세상 사람과 사물에 대해서는 비교적 객관적 판단을 할 수 있으나 스스로 하는 자신에 대한 평가는 부정확하거나 불가능할 수밖에 없다는 것을 비로소 이해했다.

중령 진급에 실패했을 때는 하늘이 무너지고 땅이 꺼지는 듯한 충격을 받았으나 지나고 보니 평범한 일상처럼 보인다. 오십 대 초반의 비행단장과 사십 대 후반의 전대장에게 절대 권위를 부여하고 복종하였으나, 이제 돌이켜보니 정말 소꿉장난같이 여겨진다. 상관의 진노에 얼마나 두려움에 떨고 조바심하였던가? 그 모든 것이 진리에 바탕 한 올바른 판단과 정당한 행위가 아니라 나 자신을 더 아름답게 포장하여 진급이라는 소기의 목적을 달성하기 위한 위장이 아니었을까 하는 의구심마저 들 지경이다.

삶이란 지나고 보면 한낱 소꿉놀이에 불과하다. 절체절명의 위기도 비참했던 수모나 애절한 사랑도 잔잔한 호수에 이는 작은 파동에 불과하다.

사회적 야망을 내려놓고 책 읽고 글이나 쓰다 보니 정말 삶 자체가 소꿉장난 같다. 아내와 둘이 지내는 것도, 아이들이 내려와 함께하는 것도, 다음 끼니에 무엇을 먹을 것인가와 내일 무엇을 할 건지나 생각할 정도로 단순하다. 거창한 목적과 목표가 있을 때와는 다르게 현재를 관조하며 누리려는 마음의 자세는 세상을 달리 보이게 한다. 대단하다고 여겨지던 것도 하찮게 보이고, 대수롭지 않게 생각하던 것도 의외로 중요한 의미가 있다.

인생은 어쩌면 소꿉놀이일 수도 있다. 지금 독서하고 사색하는 것도 시간이 지나면 유치했던 추억으로 변할 것인가? 자못 궁금하다. 시간이 말해주리라.

2020. 3. 9.(월)

ㅡ
진급
ㅡ

나는 2019년 4월 30일 전역했다. 30년 2개월간의 현역 군 생활을 마친 것이다. 금오공고, 금오공대, 군사훈련 기간까지 포함하면 37년 2개월을 군무에 종사하였다. 남보다 일찍 시작해서 적지 않은 기간 일한 셈이다. 지금은 돈이 되진 않지만, 프리랜서 작가로 즐겁게 지내고 있다.

꿈을 꾸었다. 꿈속에서는 진급심사가 한창이었다. 내 이름도 여러 후보 중에서 거론되고 있었고, 몇 명의 타 분야 후배와 비 사관 몫 대령 자리를 다투고 있었다. 오랫동안 설왕설래 난상토론 끝에 내가 진급하는 것으로 결정됐다. 그 소식을 들은 나는 기쁨을 감춘 채 자못 의연하고 담담하게, 그리고 당연하다는 듯 받아들였다. 그리고 전역 후 진급을 했기에 언제 어떤 형식으로 현역에 복귀해야 하는지 궁금했다. 가족과 옛 부하들은 함께 기뻐하고 놀라워했다. 왜 그렇지 않겠는가? 이제까지 전역 후에 진급해서 현역에 복귀한 사례는 없었다.

어느 부대 전대장으로 취임할지, 행사 참석 범위와 시기를 알아보던 중 꿈을 깼다. 이왕 시작한 꿈, 좀 더 길게 진급을 즐겼으면 좋았을 것을……

인간의 욕망에 대한 집착이 이렇게 무섭도록 끈질기다. 진급 시기에는 현충원 국립묘지가 들썩인다는 말이 있다. 이미 죽은 사람마저 진급을 희망하고 누가 진급했는지 궁금해한다는 우스갯소리다. 물론 사례가 없다고 불가능한 것은 아니다. 누군가 가기 전에는 어느 곳도 길이 아니었다. 특별법을 정해서라도 강행한다면 진급할 수도 있다. 그러나 한 번의 예외가 가져올 분란과 악영향을 쉽게 예측할 수 있다. 특례나 특혜는 대상과 분야를 막론하고 주어져서는 안 된다.

세상만사 다 때가 있듯 꿈꾸는 것도 때가 있다. 자랄 때 불가능한 꿈을 가져야 한다면 은퇴 후에는 망상에서 벗어나야 한다. 아직도 꿈속에서 그런 꿈을 꾸다니 드러나지 않은 내 잠재의식이 두렵다. 치매에 걸리지 말아야 하는 이유이기도 하다. 치매에 걸린다면 누구도 자신의 말과 행동을 자신할 수 없다.

2020. 5. 29.(금)

━
금오정(金烏亭)
━

고향이 생각나면

금오정에 오른다

나지막한 언덕 위에 있는

금오정에 오른다

보이는 세상은 고향과 다르지만

고향의 달이 떠 있다

서 있는 세상은 낯설어도 달은 그대로다

휘영청 밝은 달 속에는 고향이 있다

어머니의 얼굴이 있다

사랑이 그리울 때 우리는

금오정에 오른다

찬란하게 빛나는 청춘의 한가운데 십 대에

울타리 쳐진 기숙사 안에서는
꿈꾸는 사랑을 찾을 수 없다
사랑하는 사람이 그리워서가 아니라
사랑할 사람이 없어 쓸쓸해진다
고독한 마음을 다독여야 할 때 우리는
금오정에 올랐다

억울할 때 우리는
금오정에 오른다
알 수 없는 잘못으로 선생님이 꾸짖거나
이유 없는 선배의 구타에 엉덩이보다 마음이 더 아플 때
말없이 금오정에 오른다
어두운 밤은
흘러내리는 눈물을 감추고
터질 것 같은 울분마저 가려준다
누구나 억울한 일은 있다
세상은 공평하거나 정의로운 곳이 아니다
이겨내야 하리라
다짐할 때 금오정에 오른다

마음이 허전하면
금오정에 오른다

가능성 없는 망상을 향하여 질주하다가
문득 자신을 돌아보아
어처구니없는 현실이 적나라하게 보일 때
살아온 날과
살아갈 날이 무의미하게 여겨져 마음이 텅 빈다
빈 가슴을 채울 게 없어 우울해지면 우리는
금오정에 올랐다

높지 않은 언덕
산이라 부르기에는 너무 낮고 작았지만
울타리 안에서는 가장 높았던 그곳, 금오정
금오정에서 우리는
고향을 보았고
쓸쓸한 마음을 다독였고
폭발하는 분노를 억눌렀으며
과대망상에서 헤어나올 수 있었다
금오정은 작은 터였을 뿐이나
금오인에게는
마음을 닦고 치유하는 심산유곡이었다

2020. 12. 20.(일)

—
자정(自淨)
—

자정(自淨)이란 오염된 사물이 물리·화학·생물학적 작용으로 저절로 깨끗해지는 걸 말한다. 모든 사물은 항상성을 추구한다. 외부의 압력이나 충격에도 현재 상태를 유지하려는 일련의 노력을 시도한다. 자정도 그러한 노력의 한 현상이다.

거시세계든 미시세계든 모든 세상은 나름대로 항상성을 유지하려는 힘이 있고 항상성을 깨려는 외부 압력에 대항하는 체계를 갖추고 있다. 인체는 물론이고 최소 생명체인 세포도 나름의 면역체계를 갖추고 생명 연장을 도모한다. 거시세계인 지구나 태양계나 은하수나 우주 차원에서도 이러한 체계가 작동할 것이다.

지난 일 년간은 인류가 코로나바이러스와 사투의 시기였다. 어떠한 이유와 경로로 발생하였는지는 알 수 없으나 전염병으로부터 인류를 구해야 한다는 사명은 누구나 있다. 인체의 세포와 마찬가지로 인류라는 종 차원에서 항상성을 도모하는 것이다.

2020년 12월 21일 현재 7,700만 명이 감염되었고, 170만 명이 바이러스에 의하여 사망하였으나 확산세는 수그러들 기미를 보이지 않는다. 처음에는 지역이나 국경 봉쇄로 대응하던 각국은 경제 위축의 심화로 강제봉쇄를 시도하지 못하고 있다. 경제활동을 못 하여 아사한다면 방역의 의미를 찾을 수 없다.

이런 상황에 영국에서 변종 코로나바이러스가 발생했다는 소식에 전 유럽에 비상이 걸렸다. 영국 최고 의료 책임자가 공식 발표했다.

"새로운 변종이 더 빨리 퍼지고 있고 수도와 남동부 지역에서 사례가 급증하고 있다. 새로 발견된 종은 1,000여 종에 달한다."

영국 정부에 따르면 코로나19 발병률은 지난주 런던에서 거의 두 배가 됐고, 변종 바이러스는 기존 바이러스보다 전파 속도가 칠십 퍼센트가량 빠른 것으로 밝혀졌다. 영국에서는 전날 코로나바이러스 일일 확진자가 3만 5,000명을 돌파해 사상 최고치를 기록했다.

변종 코로나바이러스가 확산하자 유럽 각국의 공포감은 커지고 있다. 현재까지도 유럽은 미국 다음으로 확진자와 사망자가 많은 최대 피해 지역이다. 여기에 변종 바이러스가 재확산한다면 수습 불가 최악의 상황을 맞을 수 있다. 유럽 각국은 일제히 영국과의 인적 물적 교류를 전면 차단하는 국경 봉쇄조치에 들어갔다.

뉴스를 보면서 공포에 전율하였다. 작년부터 시작하여 맹위를 떨치는 코로나바이러스가 시사하는 바는 무엇인가? 근본 원인은 무엇인가? 혹시 코로나바이러스에 대항하여 전 인류 차원에서 노력하는 것처럼, 지구 스스로 항상성을 유지하기 위하여 인류에 대응하는 것은 아닌가? 만약에 지구가 자정을 위하여 인류를 적으로 상정하였다면 인류의 미래는 암울하다.

46억 년 전에 만들어진 지구는 우주의 변화나 자체적인 물리·화학·생물학적 작용에 따라 변모하였으나, 지구에 비하면 미세한 존재인 생명체에 의하여 급격한 변화를 겪은 적은 없다. 인류 역사 600만 년, 현생 인류 6만 년 동안에도 거의 영향을 주지 못했다. 지구가 몸살을 앓기 시작한 것은 불과 300년 전 산업혁명이 발생한 이후다.

화석 연료의 사용으로 인류는 거대한 힘을 얻었다. 사람과 가축의 힘만으로 경작하던 농업은 포클레인 굴착기로 경작지를 일구고, 동력파종기, 동력제초기, 헬리콥터, 콤바인을 이용하여 경작하고 수확한다. 걷거나 말을 타고 이동하던 인류는 자동차, 선박, 항공기로 원하는 곳을 쉽게 간다. 모든 게 극적으로 발전하여 더 풍요롭고 편리해졌다.

세상은 인간의 의도대로 진행하지 않는다. 풍요로워진 만큼 기하급수적으로 인구가 증가하였다. 자연은 여분을 허용하지 않는다. 인간이 생명체의 본능인 번식의 욕망을 버리지 않는 한 생산의 증가가 풍요를 의미하지 않는다. 생산의 증가만큼 인구도 증가한다.

늘어난 인구 덕에 더 많은 경작지가 필요하고 더 많은 에너지를 소모한다. 맞물려 돌아가는 시너지 효과는 무섭다. 닭이 먼저냐 달걀이 먼저냐 따지는 건 나중 문제고 우선 살아야 하지 않겠는가? 끝없는 개발과 증산을 위한 노력이 더해지고 그것은 지구의 무분별한 개발과 회복 불가능한 상태로의 파괴로 이어진다.

현재 지구상 존재하는 인류 외 대부분 생명체는 멸종 위기다. 무제한으로 사용 가능하리라 여겨지던 물과 땅과 대기도 오염으로 악화일로다. 인류에 대한 지구 차원의 대응이 없다면 곧 무너질 생태계와 인류의 생명 활동이다.

생태계가 무너지고 대부분 생명체가 사라진다 한들 지구 자체의 존재에는 문제가 없을 것이다. 우주에 있는 무수한 행성 중 지구가 생명체가 없다 하여 쫓겨나는 일은 없을 것이다. 그래서 인류의 자연 파괴에 대한 대응으로 코로나바이러스가 발생했다는 말은 불합리하다.

인간이 신의 세계를 장담할 수 없는 것처럼, 우주나 자연에 대하여 자세히 안다고 할 수는 없다. 인류는 오염과 온난화에 따른 생태계 파괴를 두려워하지만, 거시세계의 생명체일 수도 있는 지구가 진짜로 몸살을 앓고 있는지도 모른다.

인간이 감기에 걸리면 면역체계를 강화하기 위하여 편히 쉬고, 바이러스 감염을 방지하기 위하여 백신을 예방접종하는 것처럼, 인간의 파괴가 괴로워 멸종까지는 아니더라도 예방 차원에서 인류 활동을 위축시키기 위한 백신으로 지구가 코로나바이러스를 보냈다고 가정할 수는 없을까?

두렵지 않은가? 지구가 말 없는 무생물이 아니라 인간이 알 수 없는 생명체로서 스스로 보존과 수명 연장을 위한 자정 노력으로 여러 역병을 발생할 수 있다면 말이다. 어쩌면 인류는 바이러스 자체보다도 지구나 자연의 강력한 응징을 두려워해야 할지도 모른다. 시작이 있으면 끝이 있다는 원리에 입각하면 인류의 멸망이 새삼스럽거나 특별한 일은 아니겠으나, 당대에 발생한다면 두렵지 않은가?

생명체인 인류는 발전과 성장, 부와 명예와 권력보다도 생존 자체를 더 진지하게 고민해야 한다.

2020. 12. 21.(월)

—

인간 이성

—

인간 이성은 올바른 것인가? 이성(理性)이란 무엇인가? 이성이란 본능이나 직관과 달리 사유에 의하여 사물이나 현상의 진위(眞僞), 시비(是非), 선악(善惡)을 판단하여 기억하는 정신 작용이다. 다른 생명체와 가장 큰 차이점에 흔히 이성을 거론한다. 인간의 특징이라고 하는 이성은 과연 올바른 것인가?

인간이 사물이나 현상에 대하여 진위, 시비, 선악을 판단하는 기준은 하나다. 바로 자기 자신이다. 자신에게 이익이 되는 게 좋은 것이요, 옳은 것이요, 아름다운 것이다. 학문적으로는 진리요, 도덕적으로는 선이며, 예술적으로는 미다. 인간 이성은 정의를 추구하지 않는다. 세상 만물이 선악 시비를 구분할 수 없는 가치 중립적이듯 인간 이성도 가치 중립이다.

이성은 진화의 산물이다. 복잡한 걸 풀어내는 능력, 사고력이 뛰어난 개체가 생존하다 보니 어느 날 인간이 되었다. 사유란 무엇인가? 현실에 무관한 철학 같은 고차원의 사유도 있으나 기본은 생존과 번식이다. 생명체의 가장 크고 우선적인 고민인 생존과 번식에 대하여 사유한다. 그러니 모든 기준은 자신의 생존에 유리한 이익에 부합하느냐가 진위, 선악, 시비 판단 기준이 된다.

이성이 올바른 것인가 하는 질문 자체에 문제가 있다. 이성은 진위, 선악, 시비를 구분하는 능력이기는 하지만 그 자체를 시비 가릴 성질은 아니다. 진화의 한 요소로 결정된 이성은 당연히 보편적이지 않고 공동체의 이익과도 무관하게 작용한다. 그렇게 보인다면 윤리적이고 공익적인 판단과 행위가 생존과 번식에 유리하다는 걸 경험으로 학습한 결과일 뿐이다.

이성은 유전자의 명령을 가장 효율적이며 충실하게 해냈다. 현재 인류가 가장 번성하고 있다는 게 그 증거다. 현재까지는 인간 이성이 인류에게 유리하게 작용하여 생태계의 최상위에 자리하고 있으나 미래에도 그러리라는 보장은 없다.

각종 쓰레기에 의한 오염, 화석 연료 사용에 따른 지구온난화, 종교적 신념에 따른 유혈 충돌, 빈부격차 심화에 따른 사회적 국가적 갈등이 증가하고 있으나 해결하지 못하고 있다. 이성으로는 해답을 구하더라도 최종 실행을 할 수 없다면 그것도 이성의 책임이다. 인간은 생각뿐만 아니라 행동도 이성에 따르기 때문이다.

인간 이성은 지구상 모든 생명체를 초월했을 뿐 아니라 광대한 우주와 시간에 도전하고 있다. 인간이 경험으로 인지하는 3차원을 뛰어넘어 시공간을 마음대로 넘나들지도 모른다. 아마 먼 훗날의 일일 것이다. 더 시급한 건 시공간을 이해하고 초월하기 전에 닥칠 인류 멸망의 위기를 해결하는 것이다.

자기 이익을 우선으로 작동하는 인간 이성이, 자신과는 거의 무관한 후손과 전 인류 멸망을 막을 묘수를 찾아낼 것인가? 찾는다고 해도 국가나 사회 공동체별 이익이 서로 다른 인류가 실천할 것인가? 그게 궁금하다.

2020. 12. 23.(수)

장수시대(長壽時代)

어느새 한 해의 마지막 날이다. 연말이 되면 흐르는 세월의 속도에 놀라곤 하지만 코로나바이러스의 거대한 파고에 휩쓸린 2020년은 특히 그렇다. 대외활동이 극도로 위축되어 소비와 생산이 모두 둔화하였다. 원활한 인간관계가 힘들어 우울해하는 사람이 늘었다. 거의 모든 질병을 정복해가던 인간에게 코로나바이러스가 경고하는 듯하다.

"너무 나가지 마라. 오만하지 마라. 인간은 초월적 존재가 아니다. 수많은 생명체 중 현재 번성하는 한 종일 뿐이다."

과학과 의술의 발달은 과거 존재했던 거의 모든 질병을 정복했다. 노화의 근본 원인을 해소하지 못했으나 에이즈나 암, 심혈관질환 등 대부분 현상에 대한 대처법은 만들었다. 100년 전만 해도 인간의 평균 수명은 50세 미만이었다. 유아사망률을 높였던 전염병에 효과적으로 대처한 게 수명 연장에 결정적이었다. 오복의 하나인 장수에 대한 인간의 염원은 이루어진 셈이다.

한 해가 가는 시점에 삶에 대하여 돌아본다. 과학과 의술의 발달에 힘입은 100세 수명은 과연 인간이 원하는 바이며 행복한 결과인가?

옛말에 굵고 짧게 살아야 한다는 말이 있다. 젊은 나이에 죽으라는 말이 아니라 장수하지 못하더라도 자신이 원하는 삶을 보람차고 행복하게 살라는 뜻이다. 50세를 살던 예전에는 자식이 성장한 후 얼마가 삶의 전부였다. 구태여 노후를 준비할 필요가 없을 정도로 생존과 번식을 위해 치열하게 살다 보면 어느새 황혼이었다.

이제 은퇴 후 50년을 보내야 한다. 인생 이모작이란 말은 상식이다. 인생을 어떻게 설계할 것인가? 젊어서 무엇을 성취하고 늙어서 어떻게 소일할 것인가? 가장 큰 문제는 젊으나 늙으나 금전 문제다. 배우자를 얻고 집을 구하고 자녀를 양육하는 것도, 은퇴 후 터를 잡고 소일거리를 찾는 데도 비용이 든다. 자본주의 사회에서 생존하기 위해서는 재물을 모아야 한다. 젊어서 소득향상에 진력할 수밖에 없다.

젊어서 성공적으로 재산을 모으지 못했다면 달리 선택지가 없다. 늙어서도 호구지책으로 무언가 소득을 위해 활동해야 한다. 누구도 원치 않는 삶이겠으나 달리 방법이 없다. 쓰러지는 순간까지 노동해야 한다.

젊어서 보통의 재산을 마련하였다면 선택지가 다양하다. 더 풍요로운 생활을 누리고, 더 만족한 소비를 위해서 소득 활동을 지속할 수도 있다. 가족은 좀 더 윤택한 삶을 누리겠으나 본인 삶의 질은 떨어질 것이다. 하고 싶은 일을 할 시간이 부족한 것도 문제지만, 소득 활동에는 필연적으로 의도하지 않은 인간관계로 스트레스를 받게 된다.

누구라도 평생 소득 활동으로 보내는 걸 원치 않을 것이다. 원하는 삶이란 무엇일까? 취미생활이다. 취미의 사전적 정의는 전문적인 일이 아니라 즐기는 일이라 한다. 사전에는 그렇게 나왔더라도 전문적인 일도 본인이 즐긴다면 취미가 될 수 있다. 이를테면 봉사활동, 종교 전도, 문학 작가, 화가, 귀농 귀촌도 취미생활이 될 수 있다. 소득 여부를 떠나 진심으로 하고 싶은 일이라면 취미생활이다. 노후에는 취미생활이 제격이다. 약간의 소득이라도 따라준다면 더할 나위 없겠으나 스스로 만족하고 행복하다면 장수의 효과를 제대로 누리는 셈이다.

인간은 환경을 완벽하게 극복할 수 없다. 환경을 완전히 바꾸기보다는 주어진 환경을 효율적으로 이용하는 것이 모범 답안이다. 예전에 살았던 사람이라면 그 당시 환경에 맞게 50세 인생을 적절하게 살면 된다. 100세 시대에는 새로운 계획이 필요하다. 서른 살까지가 소득 활동을 위한 준비과정이라면 쉰 살부터는 노후 생활에 대한 준비 기간이다. 필요한 비용을 준비하는 외에 충분히 즐길 취미를 개발해야 한다.

사람마다 취향과 재능이 다를 것이기에 정답은 있을 수 없으나 일없이 일주일, 일 년을 보낼 수는 없다. 일주일에 두세 번 봉사활동이나 연 한두 달 세계 여행도 하나의 방법이다. 가장 쉬운 건 텃밭을 일구는 수준의 귀촌이다. 하루 두세 시간 작업으로 골프, 등산 등 여가생활을 병행할 수 있다.

계획하지 않은 장수는 비극이다. 생명은 유지하더라도 정상적으로 사고하고 행동하지 못한다면 불행한 일이다. 몸과 마음에 질병이 없는데도 외로움에 괴롭다면 더 큰 불행이다. 장수라는 새로운 환경이 자신의 인생을 더욱 안락하고 화려하게 하려면 모종의 계획이 필요하다. 어려서 열심히 공부한 사람이 더 수월하게 소득을 올리는 것처럼 늙기 전에 노후를 잘 준비한 사람이 진정한 장수의 혜택을 누리게 된다.

본격적인 소득 활동이 종료되는 예순 살 이후 무엇을 할 것인가? 어떻게 원하는 인생을 설계하고 실천할 것인가? 예순 이후의 연간·월간·주간·일일계획은 쉰 살 이전에 세워야 한다. 그래야만 늙어서 활동할 체력과 재산과 재능을 비축하고 준비하지 않겠는가? 체력과 재산과 재능을 준비하는 데는 시간이 필요하다. 최소 10년 이상 꾸준히 준비한 자만이 장수의 홍복(洪福)을 누리리라. 오래 살아 행복하리라.

2020. 12. 31.(목)

얼굴

미국의 역대 대통령 중 가장 인기 있는 에이브러햄 링컨은 나이 마흔이면 자신의 얼굴에 책임을 져야 한다고 했다. 얼굴은 그 사람의 상징이다. 얼굴에 책임을 진다는 말은 불명예스러운 말과 행위를 하지 않는다는 것, 얼굴 생김 자체가 정신의 발로라는 것을 아울러 말한 것이다.

마흔이 넘은 장년이라면 두말할 나위 없지만, 사람은 누구나 자신의 얼굴에 책임을 져야 한다. 얼굴은 순수 우리말이다. 얼이 드나드는 굴뚝이라는 데서 연유하였다고 한다. 얼굴은 자신의 영혼이 드나드는 현관인 셈이다. 집주인의 성향에 따라 집의 형태나 집 안 분위기가 달라지듯 영혼이 드나드는 현관이 영혼의 영향을 받지 않을 리 없다.

못생겼어도 친근하게 느껴지는 사람도 있고, 험상궂게 생겼어도 따뜻하게 보이기도 하지만, 잘생겼어도 간사해 보이기도 하고, 이목구비 뚜렷한 선남선녀도 어쩐지 사기꾼 같은 느낌이 들기도 한다. 있는 그대로 보이지 않고 다른 느낌이 드는 건 그의 정신세계가 미세하게 얼굴에 드러나기 때문이다. 거짓으로 말할 수는 있어도 거짓으로 표정을 꾸미는 건 쉽지 않다.

어떻게 자신의 얼굴을 책임질 것인가? 얼굴은 자신을 대표하는 상징이다. 이름이 청각으로 구분하기 위한 신호라면 얼굴은 시각으로 구분하는 신호다. 첫째, 얼굴에 책임진다는 말은 타인에게 신뢰를 주고 어떠한 불명예스러운 행위도 하지 않는 것이다. 이름을 빛내는 것이 얼굴에 책임을 지는 것이다.

둘째, 얼굴을 가꾸는 것이다. 성형수술이나 화장을 하라는 말이 아니다. 늘 드나드는 영혼을 맑게 하라는 말이다. 도박판에 있는 사람을 보라. 탐욕에 가득한 눈동자와 비열한 표정이 엿보인다. 죄지은 사람의 얼굴을 보라. 후회와 두려움에 안절부절못하는 표정이 그대로 드러난다.

일소일소(一笑一少) 일로일로(一怒一老)란 말이 있다. 한 번 웃으면 한 번 젊어지고 한 번 화내면 한 번 늙는다는 말이다. 제행무상, 변하지 않는 게 없듯이 사람 얼굴도 변한다. 늘 타인을 도우려고 노력하고 타인의 고통을 연민하는 사람 표정은 온화하다. 긍정적이고 매사에 밝은 사람 얼굴은 화사하다. 치열한 경쟁으로 지친 사람 표정은 각박하다. 흉계를 꾸며 누군가를 해치려고 기도하는 사람은 음울하고 살벌하다.

일체유심조, 세상만사 마음먹기 나름이지만 얼굴도 마음먹기에 따라 달라진다. 이목구비가 뚜렷한 건 타고나는 것이나, 느껴지는 분위기는 현재 그의 정신상태를 나타낸다.

마흔 이후든 그 이전이든 사람은 자신의 얼굴에 책임을 져야 한다. 사회적으로 인정받고 성공하기 위해서라도 밝고 맑은 영혼을 가꾸어 얼굴에 드러내야 한다. 연민하라 사랑하라 기뻐하라 웃음 지어라. 모든 이가 좋아하리라. 살아가기에 편안하고 행운과 행복이 따르리라.

2021. 1. 2.(토)

개가 짖는 이유

요즘이야 인간관계를 형성하고 유지하기에 어려움을 느끼는 사람이 많아 반려견이라는 이름으로 개를 키우는 사람이 많지만, 얼마 전까지만 해도 시골에서 개를 키우는 이유는 주로 도둑을 막기위해서였다.

개란 동물은 인간의 가장 강력한 호적수에서 가장 친밀한 벗으로 탈바꿈한 경이로운 존재다. 선사시대 늑대는 먹이를 놓고 다투는 인간의 만만치 않은 적수였다. 연민이 아니라 호기심에서 우연히 던져준 먹이에 굶주린 늑대가 호의적인 반응을 보인 데 놀라, 먹고 남은 뼈다귀 같은 음식 찌꺼기를 주면서 인간에 복종하는 친구가 되었다.

말이나 소처럼 인간의 필요에 따라 길들인 가축에 비하면 거의 우연히 가축이 된 개지만, 인간에게는 그 어떤 가축보다 유용한 존재가 되었다. 대부분 동물은 인간보다 빠르다. 속도로 동물을 사냥하는 건 거의 불가능에 가깝다. 개가 인간의 친구가 됨으로써 인간의 사냥 능력은 획기적으로 발전하였다. 인간의 공격으로 상처 입은 동물에 대한 추격은 물론 야생 동물을 위협하여 인간이 잠복한 곳에 유인하는 것도 개의 몫이었다.

개가 없었다면 대규모 목축도 불가능했을 것이다. 야생 동물의 가장 큰 위협이었던 늑대는 가축을 지키는 수호신이 되었다. 자아를 식별하고 인식하는 인간과는 달리 개는 스스로 인식하지 못한다. 늑대는 사촌 간이지만 이해관계가 상충하는 적으로 알고, 끼니를 해결해주는 인간을 같은 종이나 친구로 안다. 개를 기르게 된 인간은 비로소 여타 동물에 우월해졌다.

인간이 보기에 기특하게도 개는 주인이 아닌 다른 사람마저 적대시한다. 늑대나 야생 동물뿐만 아니라 주인 아닌 사람을 보면 으르렁거리며 맹렬하게 짖어 적개심을 보인다. 사람도 곧 달려들 듯한 개를 보면 공포심을 느낀다. 특히 주인 모르게 목적을 달성해야 하는 도둑에게는 골치 아픈 존재다. 그래서 시골에서는 집 지키는 보초로 이용하다 때가 되면 몸보신용으로 썼던 똥개를 길렀다.

주인이 아니라면 당연히 짖는 개지만 개가 짖으면 기분이 좋지 않다. 개를 키우는 목적이 도둑을 막기 위한 용도였으므로 개가 짖으면 마치 도둑질이라도 하다가 들킨 기분이다. 특히 이빨을 드러내며 강렬한 적의를 보이면 기분이 나쁜 걸 지나쳐 화가 난다. 큰 셰퍼드가 아니라 만만한 똥개라면 발로 걷어차기도 한다.

지나치게 적의를 보이는 개가 예쁘게 보이지는 않더라도 같이 적개심을 보이는 건 우습다. 스스로 개 수준으로 자신을 낮추는 것이다. 개가 짖는 이유가 무엇이겠는가? 사람이 개를 키우는 목적이 도둑을 막는 방편이라도 개는 도둑이라는 개념도 모른다. 단지 주인이 아니면 짖을 뿐이다.

개에 비유되는 사람도 있다. 개가 알면 기분 나쁠 수도 있지만, 품성이 떨어지는 사람을 강아지에 비유하곤 한다. 개새끼는 욕이다. 개가 인간의 가장 가까운 친구이자 충복이지만 좋지 않은 사람에게 비유하는 욕으로 사용한다. 개에게는 억울한 일이다.

개 같은 사람이 개 같은 소리를 하면 사람은 쉽게 분노한다. 수준이 낮은 사람이다. 개가 짖는다고 화를 내는 사람이나, 개 같은 사람이 개 같은 소리를 한다고 분노하는 건 차이가 없다. 이미 상대를 인간 이하인 개에 비유하였다면 그의 어떤 악의적 험담이라도 웃어넘길 일이다. 도척(盜跖)의 개가 요임금을 보고 짖는 것은 요임금이 훌륭하지 않아서가 아니다. 개가 짖으면 짖게 놔두는 게 현명한 사람의 태도다. 어떠한 반응도 무의미하다.

2021. 1. 4.(월)

―
씨앗
―

콩 심은 데 콩 나고 팥 심은 데 팥 나는 것은 자연의 이치다. 아무리 척박한 토지나 환경이 좋지 않더라도 싹이 나지 않을지언정 콩 심은 데 팥 나거나 팥 심은 데 콩 나는 일은 없다. 뿌린 씨앗대로 거두는 건 만고불변의 진리다.

사람은 누군가의 부당한 대우에 참지 못한다. 만만한 사람이라면 즉시 주먹으로 한 대 갈기거나 강하게 불만을 표출하고, 상급자나 강한 사람이라면 겉으로 내색하지 못하더라도 속으로 씩씩대기 마련이다. 겉으로 드러내지 못하는 화는 병이 된다. 화병이다.

상대의 부당한 대우나 트집에도 화를 내기 전에 생각할 필요가 있다. 사람은 누구나 타인에게 인정받기를 원한다. 가능하다면 칭찬을 듣고자 하고 좋은 사람이나 훌륭한 인격자로 대우받으려고 한다. 당연히 타인을 함부로 비난하거나 비하하지 않는다. 그가 대놓고 또는 뒤에서 험담한다면 어떤 이유가 있을 것이다.

듣기에 거슬리더라도 일단 귀담아듣는 것이 좋다. 충분히 듣고 나서 그런 말을 하는 이유가 자신의 과거 행적에 원인이 있지 않다면 필시 오해일 것이다. 과거 자신에 잘못이 있었다면 반성하고 사과할 일이고, 상대 오해라면 사실을 설명해야 할 일이지 화낼 일은 아니다. 화를 내면 오해였더라도 상대가 인정하지 않을 것이다. 어떤 경우도 상대 험담에 즉각 반응하는 것은 누워서 침 뱉기다.

자신이 타인에게 인정받으려고 노력하는 것처럼, 누구나 이유 없이 타인을 욕하지 않는다. 욕을 한다면 그럴 만한 이유가 있다. 비난에 반응하기 전에 그 원인을 통찰해야 한다. 자고로 콩 심은 데 콩 나고 팥 심은 데 팥 나는 법이다.

2021. 1. 4.(월)

만족과 감사

사람은 행복을 추구한다. 입신양명이나 부귀영화를 추구하는 것도 결국, 행복에 이르기 위한 과정일 뿐이다. 헐벗고 가난한 이가 보기에는 부귀영화를 누리는 사람이 행복해 보인다. 그래서 그들을 선망한다.

인간의 꿈은 다양하다. 최종 목표하는 바가 행복이라도 그곳에 도달하는 방법에는 각자 차이가 있다. 개인의 환경이나 재능에 따라 취해야 할 전략이 달라진다.

젊어서는 구체적인 목표보다는 대략 크고 거창한 방향을 정해 최대한 빨리, 최대한 높이, 최대한 많이 획득하려고 노력한다. 능력의 한계를 모르는 상황에서 적절한 방법이다. 갈 데까지 가보는 게 시도조차 하지 않고 계산만 하는 것보다 효율적이다. 꿈을 향해 나아갈 때 만족할 수 있고, 어느 순간 무엇엔가 만족한다면 행복하다. 젊은이에게 만족이란 곧 행복이다.

궁극적 꿈에 쉽게 도달할 수 없는 사람이라도 매일 불행한 건 견딜 수 없으므로 작은 것에 만족하려 노력한다. 소위 소확행(小確幸)이다. 작지만 확실한 것에 만족하여 행복을 느낀다.

만족하면 행복한 것은 사실이나 그 만족이 쉽지 않다. 거창한 꿈을 버리고 지극히 소박한 꿈으로 바꿔 소시민으로 살아간다면 일견 만족한 삶을 살 것 같지만, 어쩌다 타인의 꿈이나 삶과 비교하면 행복이 달아난다. 인간이 타인과 비교하는 상대적 욕망을 충족할 방법은 없다.

젊어서 욕망의 크기를 줄이는 것은 발전 가능성을 낮추는 단점도 있다. 이래저래 욕망을 낮추기도 어렵고, 작은 것에 지속해서 행복을 느끼기도 어렵다. 누구에게나 행복은 쉽게 잡히지 않는 신기루다.

늙어서 욕망이 거의 사라지거나 욕심을 부릴 처지가 아니라면 매사에 무덤덤해진다. 세상과 자신을 관조할 수 있다. 관조란 감정의 동요 없이 사물과 자신을 객관적으로 바라보는 것이다. 관조할 때 비로소 자신의 처지와 위치와 상황을 제대로 파악할 수 있다.

관조하면 감사하게 된다. 더 크고 높고 많은 것을 추구할 때는 보이지 않던 것들이 보인다. 젊어서 두 발로 걷는 걸 누가 감사하겠는가? 가족과 근근이 살아가는 것으로 누가 만족하겠는가?

세상과 자신을 객관적으로 바라보면 사소한 것에 감사하게 된다. 나이 들어 마음대로 걷지 못하는 사람은 부지기수다. 각종 질병에 시달려 평범한 일상을 누리지 못하는 사람이 다수다. 비로소 아내가 세끼 밥을 차려주는 데 감사하고, 가족에 큰 병이 없는데 감사하고, 가끔 등산할 친구가 있다는데 감사한다. 나이가 들면 감사한 것 지천이다. 갑자기 행복해진다.

젊어서는 억지로라도 만족함으로써 행복감을 느끼려고 노력하지만, 늙어서 사물이나 사람에게 감사하면 저절로 행복해진다. 행복의 요체는 만족이 아니라 감사인지도 모른다. 젊은이와 늙은이의 차이는 행복에 대한 감상(感想)이다. 젊은이는 만족에, 늙은이는 감사하는 마음이 행복에 이르게 한다.

2021. 1. 4.(월)

― 생각하는 갈대 ―

파스칼은 인간을 생각하는 갈대라고 표현했다. 사고력을 제외하면 다른 동물과 비교해 우월할 게 없고, 유일하게 특징이자 장점으로 보이는 사고마저도 바람에 흔들리는 갈대처럼 유약하기 이를 데 없다는 의미일 것이다.

인간은 살아있는 동안 끊임없이 사유한다. 깊은 잠에 빠지지 않은 이상 생각을 멈출 방법은 없다. 수행자가 명상하는 것도 잡념을 끊기 위한 수단인데 그마저도 다른 관념으로 잡념을 차단하는 식이다. 목숨이 붙어 있는 한, 치매에 걸려 사물을 분간할 능력이 없어지지 않는 한, 끊임없이 발생하는 것이 두뇌의 연상 작용이다.

두 번째 수필집 『유쾌한 군대 생활』이 발간 중이다. 투자사를 찾지 못하여 이번에도 자비 출판이다. 글을 쓰거나 편집할 때는 대박을 꿈꾸기도 하지만, 투자사도 찾지 못하는 처지에 이익은 고사하고 제작비라도 건졌으면 하고 생각하게 된다. 사고는 일정치 않고 기분에 따라 용궁과 시궁창을 오간다. 나 역시 생각하는 갈대에 불과하다.

일주일에 두어 번 가는 산행에 대한 상상도 많이 한다. 엊그제도 남덕유산엘 다녀왔다. 국내에 명산이 많지만, 설경은 남덕유산이 최고다. 많은 적설량과 영하 20도 이하의 강추위가 지속한다면 태백산과 무등산이 더 멋질 수도 있으나 확률이 낮다. 태백산은 눈이 모자라고 무등산은 온도가 높다. 남덕유산은 서해에 가까워 습도 높은 구름이 자주 접근할 뿐만 아니라 천오백 미터 이상의 고봉으로 온도가 낮다. 상고대 맺기에 적당한 나목도 많다.

이번 남덕유산행도 기대를 저버리지 않았다. 지난주 많이 내린 눈이 아직 녹지 않고 쌓여 있었고, 북극 한파라 일컫는 강추위로 제법 상고대도 달렸다. 코로나바이러스로 인한 사회적 거리 두기 방역지침을 준수하느라 많은 사람이 가지 못하고 셋이서 산행하여 아쉬웠으나 충분히 설경을 감상하며 즐길 수 있었다.

오늘은 아내가 병원에 간다고 하여 따라나섰다. 며칠 전부터 아랫배가 조금 아파서 병원 진료를 받겠다는 것이었다. 평소 건강한 체질이었기에 걱정하지 않았지만, 갑자기 병원에 간다니 불안이 엄습하였다. 역시 생각하는 갈대에 불과하다.

병원에서 내 볼일을 마쳤는데도 아내는 대기 중이었다. 무료한 시간을 보내느라 병원 밖으로 나와 한 시간을 걸었는데도 끝났다는 소식이 없었다. 슬슬 다시 불안해지기 시작하여 병원으로 돌아왔는데 밑도 끝도 없이 CT 촬영을 한다는 것이었다.

"아니 왜, 갑자기?"

"의사가 이유를 알 수 없대요. 아픈 원인에 여러 가능성이 있으므로 직접 보는 게 좋겠다네요."

말을 마치고 바로 영상촬영실로 사라지는 것이었다. '아니 무슨 큰 병이라도 걸렸는가? 갑자기 CT 촬영은 왜?' 불길한 예감이 엄습하였다. 이미 내일 산행계획이나 발간 중인 책에 대해서는 까마득히 잊고 아내 건강문제가 내 두뇌를 장악하였다.

세상살이에 문제는 지속해서 앞을 가로막고 해결을 요구하지만 그다지 큰 문제는 아니다. 대부분 시간이 해결하거나 해결되지 않아도 엄청나게 타격받을 일은 흔치 않다. 가족의 건강문제는 다르다. 가족은 포기할 수 없는 존재이며 대체가능 하지도 않다. 물건은 망가지거나 잃어버리면 새로 구하면 되지만, 가족은 새로운 사람을 얻어서 해결될 문제가 아니다. 가족 자체가 자신의 정체성이다. 가족은 자신의 일부인 것이다.

특히 장성한 자식이야 각자 자신의 가정을 이루어 살아갈 것이기에 노후에 함께할 배우자는 누구보다 중요하다. 아직 오십 대 중반이니 얼마나 더 살 것인지는 짐작도 할 수 없다. 어쨌든 가까운 시일은 아닐 거라는 생각에 고민조차 해 본 적이 없다.

갑자기 두려움이 몰려왔다. 방정맞은 생각을 하면 안 된다고 억제하면서도 다른 한편으로는 온갖 억측과 망상이 난무한다. 촬영하는 한 시간은 길었다. 만약의 경우 혼자 살아갈 방법을 궁리하였으나 뾰족한 수는 없다. 가장 좋은 것은 아내가 나보다 몇 년 더

살아주면 고맙겠으나, 먼저 죽더라도 정신이 온전하고 몸을 움직일
수 있는 동안은 같이해야 한다는 생각을 하는데 아내가 나왔다.

"특별한 문제 없대요. 아무리 살펴도 위, 맹장, 대장, 소장 모두
깨끗하대요. 그런데 지금도 아파요."

"아니 아무 이상도 없는데 아프다니 그게 뭐야. 아프면 이상을
발견해야지."

"그래도 이상이 없다니까 다행이지 뭐. 아파도 올 필요 없대요."

"그래, 다행이네. 정말."

말은 단순하게 하였으나 마음은 정말 후련하였다. 집안일에 일절
손대지 않는 나에게 아내가 없는 것은 지옥이다. 아마 세 끼를 해결
하는 데 하루 전체를 보낼 것이다. 독서고 글쓰기고 산행이고 아내
가 있어야 꿈꿀 수 있다. 아내가 별 탈이 없다니 다행이다. 비록 작
년에 거제 망산에서의 발목 부상으로 함께 산행하지 못하여 사는 즐
거움이 반감하였으나, 아내가 없는 것과는 비교할 수조차 없으리라.

'잘 관리하소. 몸 관리 잘해서 오래오래 건강하게 삽시다. 나도
당신 위해 건강관리 열심히 하겠소.'

이제 평상으로 돌아왔다. 두 번째 수필집은 좀 더 팔리려나? 내일
갈 무등산에는 과연 상고대가 피었을 것인가? 인간이 만물의 영장이
라고 자처하고, 스스로 범상치 않은 사람이 되려는 욕망이 없지 않
으나, 상황이 닥치면 격하게 흔들리는 나는 평범한 갈대에 불과하다.

2021. 1. 12.(화)

음악과 시와 독서와 등산

전업 작가를 자처하는 내게 정서 함양과 창조적 사유는 특히 중요하다. 어떤 사물을 보았을 때 마음이 흔들리지 않으면 글이 안 된다. 기쁘든 화나든 슬프든 즐겁든 해야 한다. 떨림이든 울림이든 아픔이든 마음이 움직여야 한다.

정서 함양에는 음악감상과 시 낭송이 제격이다. 천재적 작곡가가 작곡하고 위대한 가수가 부른 대중가요는 자랄 때 향수를 자극한다. 한국인의 정서에 맞는 잔잔하고 애처로운 음색에 더불어 탁월한 시인 작품이 틀림없는 삶의 애환을 묘사하는 가사는 폐부를 찌르고 전율케 한다.

음악을 들으면서 하는 시 낭송은 화가가 그림을 완성하는 화룡점정이다. 음악에 이미 흔들리던 마음은 시에 격렬하게 감정 이입하는 순간 울컥하게 한다. 목이 메어 낭송을 계속할 수 없을 때가 많다. 낭송하지 않고 눈으로만 읽을 때는 느낄 수 없는 벅찬 감정 변화를

확실하게 느낀다. 음악과 시 낭송은 정서 함양에 필수적인 작업이다.

독서는 작가가 아니라도 품위 있는 삶을 위한 전제조건이지만, 글 쓰는 작가라면 두말할 필요도 없는 필수 요소다. 인간이 가진 유한한 경제력과 체력, 시간을 고려한다면 체험으로 얻을 수 있는 지식은 미미하다. 오직 독서만이 다른 세상과 타인을 만날 수 있는 유일무이한 창구다. 이천오백 년 전 철학자와 유럽이나 아메리카 인문학자를 만날 거의 유일한 통로다. 독서 없이 글쓰기는 어불성설이다. 새로운 지식도, 새로운 문화적 충격이나 자극도 독서로만 가능하다.

등산은 건강한 육체와 건전한 정신을 유지하기 위한 운동으로 중요하지만, 생각을 정리하는 사색의 시간으로도 중요하다. 여럿이서 하는 등산은 즐겁지만 홀로 하는 산행은 유익하다. 인간이 깨어 있는 동안 어쩔 수 없이 지속하는 게 사고라면, 홀로 하는 산행 시간 전부가 반성과 성찰의 시간이다. 물론 약간의 미래에 대한 상상과 글쓰기 구상도 포함된다.

하루 거의 전부가 음악감상과 시 낭송과 독서와 운동과 글쓰기다. 한가지 목적을 위한 행위를 좋아하지 않는 나로서는 일거양득(一擧兩得)이나 일석삼조(一石三鳥), 일타오피(一打五皮)를 노린다. 음악감상과 시 낭송은 정서 함양에 최고의 도구이며, 독서와 등산, 산책은 창조적 사유를 위한 최상의 방식이다. 내가 하는 거의 모든 행위는 글쓰기를 위한 사전 작업인 셈이다. 이만하면 베스트셀러를 내지 못하였지만 전문가답지 않은가? 프리랜서 작가라고 자처할 만하지 않은가?

2021. 2. 3.(수)

—

인간은 누구를 위하여 사는가

—

사람은 훌륭한 삶을 위하여 열심히 노력한다. 잘 산다는 건 무엇을 말하는가? 스스로 만족하고 행복하게 살아가는 것이다. 누구나 자신을 위하여, 마음속 욕망을 충족하기 위하여 산다고 생각한다. 모두가 자기 자신을 위하여 살아간다고 생각하는 것이다. 사람은 과연 자신을 위하여 살아가는가?

사람은 자신을 위하여 살아가는 것으로 생각하지만, 실상은 그렇지 않다. 인간은 타인을 위해 살아간다. 물론 자신의 행복을 추구한다. 그 행복은 어디에서 오는가? 타인의 인정과 선망에서 온다. 타인의 존중과 찬사가 마음을 흡족하게 하고, 타인이 우러르며 부러워할 때 기꺼운 마음이 된다. 행복하다.

우리는 언제 화장하고 성장(盛裝)하는가? 타인과 만날 때이다. 혼자 사는 총각이 일요일 아침 식사를 품위 있게 하려고 목욕재계 후 화장하고 정장으로 차려입지는 않는다. 출근할 때나 면접이나 맞선 같은 중요한 사람을 만날 때 특히 신경 써서 외모를 가꾼다. 자신에 보기 좋게 치장하는 게 아니라 상대방의 마음에 들기 위한 노력이다. 스스로 만족하기 위한 것이 아니다. 반드시 누군가에게 잘 보이려는 의도가 있다. 목욕은 자신의 건강을 유지하는 방편이기도 하지만, 더 큰 목적은 타인의 혐오를 피하기 위해서다. 일요일 닦지 않고 팬티 바람으로 사는 총각 많다. 아무도 보는 사람이 없는데 무슨 상관이란 말인가? 냄새난다고 타박하는 사람도 없고, 예절을 지적할 사람도 없는데 닦고 가꿀 이유가 무엇인가?

잘 먹는 것은 자신의 식욕을 충족하고자 함이다. 살기 위해서 먹지만 실컷 먹지는 않는다. 왜 자신의 욕망을 완전히 충족시키지 않는가? 타인에게 뚱보로 보이기 싫기 때문이다. 먹는 걸 전적으로 자신을 위해서라고 여기지만, 타인의 시선을 의식해서 조절한다. 그래서 맛있는 것을 마음껏 먹는 사람은 거의 없다. 먹는 동안 행복하더라도 더 긴 시간을 수모와 굴욕을 당할 것을 알기에 배고프지 않은 선에서 수저를 내려놓는다. 소식이 건강에 좋고 장수한다는 가증스러운 자기합리화와 함께. 먹는 것은 타인의 간섭에 자유롭지 않다.

잘 자는 것은 오직 자신만을 위한 것인가? 물론 충분한 휴식은 몸 건강에 중요하다. 그러나 음식과 마찬가지로 제한 없이 자는 사람은 없다. 일단 가정이나 직장에서 용서하지 않는다. 소득이 없는 사람은 가정을 유지할 수 없다. 소득을 올리려면 누군가를 위해서 일해야 한다. 직장을 유지하고 일정한 소득을 올리기 위해서는 아무리 잠자고 싶은 마음이 강렬해도 일어나야 한다. 잦은 지각이나 결근은 사회생활에 치명적이다. 자신을 위한 게 아니라 타인을 위해서 일찍 자고 일찍 일어나야 한다. 그건 결코, 원래 자신이 원하던 일이 아니다.

휴식은 자신만을 위한 것인가? 중노동을 하다가 너무 힘들어서 잠깐 쉬는 건 자신을 위한 것이다. 그러나 대부분 여가는 가족이나 동료를 배려해야 한다. 자기 고집만 부린다면 가족이나 동료에게 외면받고 따돌림당할 것이다. 절대로 행복할 수 없다. 어떤 때는 아내를 위해서 산책하고, 어느 때는 자식을 위해서 함께 달려야 한다. 친구를 위해서 함께 등산하거나 낚시도 한다. 원치 않는 골프를 해야 할 때도 있다. 그 모든 것이 휴식의 한 형식이다. 모두 그럴듯한 이유를 붙여 스스로 하는 휴식의 형태지만, 진실은 타인을 위한 배려나 봉사다. 쉬는 것도 자기만족을 위한 것이 아니라 타인을 위한 행위인 것이다. 어쨌든 행복하기 위해서는 주변 사람의 마음에 들어야 하지 않겠는가?

공부는 자신을 위한 것이 아니다. 누가 스스로 원해서 공부하는가? 좋은 직장을 구하기 위해서는 스스로 타인이 원하는 상품 가치를 갖춰야 한다. 공부하지 않아도 취직하고 살아가는 데 지장이 없는 대도 공부를 할 것인가?

인간은 모두가 자신을 위해 살아가는 극도로 이기적인 존재로 보이지만, 실제로는 모든 행위가 타인을 위한 것이다. 타인과 접촉 없이 혼자 살아가면서 만족할 수 없다면, 인간은 누구나 타인을 위해 살아가야 한다. 자기 긍정보다는 타인의 긍정을 끌어내기 위하여 노력한다. 행복이 자신의 심리 상태인 것은 틀림없지만, 마음의 상태가 타인의 태도에 따라 결정된다는 데서 인간은 타인을 위해 살아갈 수밖에 없다. 인간의 삶은 이기를 위한 지독한 이타(利他)다.

2021. 2. 19.(금)

최재천과 강신주의 사랑

생물학자 최재천 교수는 알면 사랑한다고 말한다. 철학자 강신주 박사는 사랑하면 알게 된다고 말한다. 알아서 사랑하게 되는가, 사랑해서 알아가게 되는가?

알면 사랑한다는 최재천 교수와 사랑하면 알게 된다는 강신주 박사의 말을 듣노라면 앎과 사랑의 관계가 불가분이라는 걸 알 수 있다. 왜 풍부한 지식과 탁월한 사고력을 지닌 두 사람이 앎과 사랑에 대하여 반대로 접근하였는가?

인간은 환경의 지배를 받는다. 물론 생명체라면 환경에 지배받을 수밖에 없다. 개별 생명체가 환경을 자기 취향대로 바꿀 수 없는 한, 환경의 변화에 적응할 때 생존이 가능하다. 생명체의 한 종인 인간도 환경에 절대복종해야 할 운명이다. 주어진 환경을 외면할 때 그 말로는 비참하다.

최재천 교수는 생물학자다. 사유의 대상이 주로 생물이다. 생물이 무엇인가? 살아있는 모든 생명체, 동식물을 아우르는 말이다. 인간의 사유능력이 탁월하고 막대한 지식을 쌓았지만 주로 인간 생활에 필요한 것이다. 실생활에 유용하지 않은 동식물에 대해서는 문외한에 가깝다.

인간이 아는 생물은 인간의 의식주에 이용되는 것이 대부분이다. 의식주에 사용되지 않는 더 많은 식물과 동물에 대해서는 거의 아는 바가 없다. 근대 이후 생명과학 탐구가 활발하여 개별 종 연구가 획기적으로 증가하였으나, 대중은 여전히 의식주에 이용되지 않는 종에 대해서 무지하다. 이름도 형상도 모르는 생물을 혐오하지도 않겠지만, 사랑하지도 않는다.

생물학자 최재천 교수는 대중의 무지와 생명체에 대한 무관심이 안타까웠을 것이다. 그래서 강의할 때나 저서에 알면 사랑하게 된다고 강조한다. 사실이 그렇다. 치타나 극락조가 태어나서 사랑하고 번식하고 죽는 일생을 정확히 이해하는 사람은 치타나 극락조를 사랑한다. 알면 사랑하게 된다.

철학자 강신주 박사의 사유 대상은 주로 사람이다. 시간상으로 과거 현재 미래의 사람일 수는 있으나 동물이나 식물의 철학을 고민하지 않는다. 철학은 인간만을 대상으로 한다. 인문학으로 일컬어지는 문학·역사·철학은 사유 과정에서 동식물이 등장하기도 하지만, 철학은 오직 인간의 사고와 행위에 대한 학문이다.

최재천 교수가 인간 외 사물에 대해 고민하였다면, 강신주 박사는 인간, 그중에서도 사고능력 사유방식 사고결과를 탐구하였다.

인간이 인간 일반을 아는 건 당연하다. 인간의 일반적 특성을 모른다면 사회생활이 곤란할 것이다. 타자에 대해 모르는 것은 겉으로 드러나는 외모와 행적이 아니라 그의 사유방식이나 내용이다.

처음 보는 사람에 대해서 사랑을 느낄 수 있다. 사랑하려면 인간 일반이 아닌 개인의 사고능력과 사유방식과 추구하는 이상을 알아야 한다. 사랑하는 대상자에게 절대 굴복할 수밖에 없는 게 사랑하는 사람이라면 극히 사소한 것까지 알아야 할 것이다. 타인의 정신세계는 알 수 없는 것이나, 그 사람을 사랑하면 사랑할수록 더 많은 것을 알게 된다. 사랑하면 알게 되는 것이다.

알면 사랑한다는 최재천 교수나 사랑하면 알게 된다는 강신주 박사의 말은 모두 맞는 셈이다. 다만 앎의 대상이 최재천 교수는 동식물의 일반적 특성을 말하고, 강신주 박사는 인간 개체 정신세계를 말한다. 사물의 특성을 알면 사랑하게 된다는 게 생물학자 최재천 교수의 주장이고, 사람을 사랑하면 그가 사유하는 정신세계를 알게 된다는 게 철학자 강신주 박사의 생각이다.

생명의 생성과 유지가 사랑에 의한 것이라면 우리는 알아야 한다. 모든 생명체의 특성과 인간 개인의 가치관을 이해할 때 더 많이 사랑할 수 있고, 타인에게 존중받을 것이다. 아는 것은 힘일 뿐만 아니라 사랑의 원인이자 결과이다. 알면 사랑하고, 사랑하면 알게 된다.

2021. 2. 23.(화)

━
확신, 찬란한 환희
━

그는 착하고 성실한 사람이었다. 아름다운 아내와 귀여운 아이 둘을 둔 행복한 가장이었다. 언제까지나 법 없이도 행복하게 살 것 같았던 그가 바뀌었다. 말이 없어지고 표정은 어두웠다. 전에 없던 일이다. 매일 술에 만취했고 퇴근 후 집에 돌아가지도 않는 눈치다. 보다 못해 이유라도 알고 싶어 물었다.

"무슨 일 있는 거야? 전에 없이 왜 그렇게 침울하고 술에 빠져 사는데? 요즘 집에도 안 들어가는 거 같은데 잠은 어디서 자는 건가?"

대답이 없었다. 묵연한 침묵만 길게 이어질 뿐이었다. 몇 시간째 술을 마시며 무한 반복 질문에도 요지부동이다. 술에 취해 혈색만 붉게 바뀔 뿐 어두운 표정은 그대로였다.

"미치겠네. 도대체 이유가 뭐냐고? 이러다가 너 죽어. 그렇게 사랑하고 예뻐하던 제수씨와 아이들을 마다하고 이게 무슨 일인가?

이유를 알아야 문제를 해결하든가 말든가 할 거 아닌가? 누구 속 터져 죽게 하지 않으려거든 시원하게 말이나 해 보게."

"아내가 임신했네."

기가 막혔다. 오랜 침묵 끝에 그가 한 말은 아내가 임신했다는 한마디였다. 아내가 임신하였다면 경사지 슬퍼할 일이 아니었다. 이미 두 아이가 있어 원하지 않는다면 낙태를 하는 방법도 있다. 도대체 슬퍼하고 절망할 이유가 무엇이란 말인가?

"아니, 아내가 임신한 것은 축하할 일 아닌가? 세상 모두를 잃은 듯 슬퍼하고 낙담할 일은 아닌 것 같은데?"

"나는 정관 수술한 몸이라네."

무겁게 내뱉은 그의 말이었다. '아, 그렇구나. 그래서 아무 희망도 없는 사람처럼 자포자기하였구나.' 그렇다면 이해가 된다. 보기 드문 미녀 아내를 애지중지하며 남 보기 눈꼴 시릴 정도로 닭살 커플이었으니까……. 그 심정을 알만하다. 자신이 임신시킬 수 없는 몸인데 아내가 임신이라니 얼마나 절망스러울 것인가? 아무리 풀 수 없는 난제라도 일단 해결방안을 찾아야 한다. 벌써 한 달째 방황 중 아닌가?

"아내에게 물어는 보았는가?"

무겁게 머리를 가로젓는 그에게 재차 물었다.

"아내는 자네가 중절 수술한 사실을 알고나 있는 건가?"

그러자 그의 얼굴에 한 가닥 화색이 스쳐 갔다. 아내는 그 사실을 모른다는 것이었다. 남자나 여자가 피임해도 임신하는 경우가

종종 있다. 여자가 피임하면 천 명 중 한 명꼴로 임신하는 사례가
있으며, 남자가 정관수술을 해도 만 명 중 한 명꼴로 임신한다고
한다. 확률이 낮기는 하지만 작은 희망이 생긴 셈이다. 다음날 당
장 비뇨기과를 찾았다.

"묶어 놓은 정관이 풀렸네요. 다시 수술해야 합니다. 치료비는
무료입니다."

담당 의사는 송구스러운 듯 어렵게 시험결과를 알렸다. 일순 그
의 얼굴에는 광명이 넘쳤다. 지금 수술이 잘못된 것, 수술을 다시
해야 하는 것, 치료비는 문제가 아니다. 가슴을 짓눌렀던 어둠을
넘어 공포에 떨게 하던 의혹이 사라진 것이다. 누구에게도 말하지
못하고 가슴앓이하던 아내의 부정에 대한 의심이 말끔히 사라진
것이다.

세상은 아름답다. 찬란한 태양이 빛나는 푸른 하늘이 이렇게 아
름다운 적이 있었던가? 가장 믿고 사랑하던 아내의 부정에 대한
의혹이 사라지고, 임신한 아이가 누구의 아이인지 확신한 순간 그
를 덮친 것은 폭풍 같은 기세의 찬란한 환희였다.

"이제 죽어야 할 이유는 사라졌다. 암흑 같았던 길고 긴 터널도
끝났다. 내 아내는 아직도 나를 사랑한다. 내가 살아야 할 이유는
확실하다."

의혹의 암귀(暗鬼)에 쌓여 지낸 지난 한 달이 얼마나 고통스러웠
던가? 아무것도 모르고 집에 돌아오지 않는 남편을 간절히 기다리
던 아내는 남편을 얼마나 원망했을 것인가? 그 모든 번뇌와 고통의

원인인 의혹을 말끔히 제거한 확신보다 더한 기쁨이 있겠는가? 사랑에 대한 의심이 제거된 확신이야말로 찬란한 환희다. 그보다 더 밝거나 강렬한 감정의 고조는 없다.

2021. 3. 1.(월)

사고의 틀

사람은 각자 인생에서 주인공이다. 그가 타인에게 지나치게 피해를 주는 행위가 아닌 한 모든 행동이 자유롭다. 누구나 자기 사고와 판단의 결과에 따라 말하고 행동한다. 그것은 그대로 그의 역사가 되고 정체성이 된다. 인간은 누구나 자신의 삶을 창조한다. 자신만의 인생을 만들어간다.

자신의 정체가 삶의 총합이라면 사고는 원인이다. 인생은 사고를 통하여 더 유리하게 선택한 결과다. 인생이 자신의 정체라면 사고는 정체의 원인이다. 훌륭한 삶을 위해서는 말이나 행동 이전에 위대하거나 현명한 사고가 필요하다.

어떻게 살아갈 것인가? 어떻게 타인의 존중을 받으면서 만족한 삶을 살아갈 것인가? 인간이라면 누구나 고민하지 않을 수 없는 인생에 대한 뿌리 깊은 질문이다.

인생이 각자가 만들어가는 최종 산물이라면 건축가가 짓는 건물이나 조각가의 조각과도 같다. 천재 조각가 미켈란젤로는 조각 작업을 불필요한 부분을 제거하는 과정이라고 했다. 자연에서 얻어온 대리석에서 미켈란젤로는 돌 안에 감춰져 있는 위대한 형상을 보고 그것을 보여주기 위해 작품 주위를 둘러싸고 있는 돌을 조금씩 덜어냈다.

미켈란젤로가 평범한 돌에서 위대한 작품을 만들어낼 수 있었다는 건 모든 사물은 가능성이 있다는 의미다. 창조적인 작가를 만나면 명품이 될 수 있다. 미켈란젤로의 천재성에서 우리가 해야 할 일을 발견해야 한다.

대리석이 무엇으로도 만들어질 가능성이라면 우리 인생도 마찬가지다. 인생을 만드는 근본 원인 사고를 다듬어야 한다. 우리의 영혼이나 정신은 자신의 의지에 따라 만들어진다. 무엇을 상상하고 싶은가? 어떤 말과 행위를 가식이 아니라 자연스럽게 드러내고 싶은가? 미완성된 자신의 철학에서 어떤 부분을 도려내고, 어떤 부분을 채워 넣을 것인가?

인간의 본성은 유사하다. 더 편안한 가운데 최대한의 쾌락을 얻고자 한다. 문제는 모두가 추구하는 것이므로 경쟁이 치열하고 지나치게 에너지가 소모된다는 것이다. 더 큰 영광과 안락을 누리려면 눈앞의 이익이나 쾌락에 초연해지는 훈련을 해야 한다. 완전히 본성을 바꿀 수 없더라도 억제하는 훈련을 통해 습관화해야 한다.

가장 좋은 습관은 무엇인가? 두말할 필요 없이 독서와 명상과 운동이다. 독서는 지식을 함양한다. 특히 자신이 원하는 위인의 삶의 궤적을 자세히 살핀다면 자신이 해야 할 일을 찾아낼 수 있다. 얻은 지식을 바탕으로 상상해야 한다. 과거와는 환경이 변했으므로 위인을 그대로 따라 할 수는 없다. 시간과 공간을 뛰어넘기 위해서는 상상이 필요하다. 사색이 중요한 이유다. 건강한 육체에서 건전한 정신이 발현한다. 몸이 불편한 상태에서 이상을 꿈꾸거나 미래를 통찰할 수는 없다. 건강을 위한 유일한 방법은 잘 먹고 적당히 운동하는 것이다. 사색을 위해서는 식사 후 산책이나 홀로 산행이 유용하다.

인간의 본성은 타고 나지만 훈련으로 조정이 가능하다. 좋은 습관을 들여 평생을 유지한다면 훌륭한 사고의 틀이 만들어질 것이다. 완벽한 틀이라면 완벽한 작품이 만들어진다. 위대한 사고가 발현하는 것이다. 그것이 사물 안에 내재한 개념을 드러나게 한 천재 조각가 미켈란젤로와 같은 위대한 인간이 되는 길이다.

사고 자체는 형상이 없지만, 탁월한 사고를 위해서는 그 틀을 만들어야 한다. 당장 눈앞의 욕망보다 더 거대한 것을 성취하려면 소소한 이익에 초연하고 독서와 명상과 운동에 투자하라. 십 년 후에는 차이를 못 느낄 수 있으나 오십 년 후에는 누구나 괄목상대해야 하리라. 훌륭한 주인공으로 인생을 살아가려면 아름다운 사고를 만드는 사고의 틀을 짜야 한다. 자신의 욕망과 자유를 통제하여 몇 가지 좋은 습관을 만드는 방식으로.

2021. 3. 4.(목)

가장 소중한 것

우리에게 가장 소중한 것은 무엇일까요? 모든 사람이 추구하는 것은 행복입니다. 돈과 명예, 권력, 건강, 사랑도 몸과 마음이 편하고 즐거운 상태, 즉 행복을 위해서입니다. 행복을 위해서는 일반적으로 앞에서 열거한 모든 것이 필요합니다. 그러나 행복이란 조건이라기보다 마음의 상태라면 돈과 명예와 권력은 필수조건은 아닌 셈이지요.

최우선 조건을 꼽으라면 단연 건강입니다. 돈을 잃으면 조금 잃은 것이요, 명예를 잃으면 많이 잃은 것이며, 건강을 잃으면 모든 걸 잃은 것이라는 말이 있습니다. 건강에 대한 표현 중 이보다 정확한 말이 있을까요? 사실 생명체에게 가장 중요한 미래 존재 가능성을 결정하는 건 건강이 거의 전부입니다.

인간이 추구하는 행복을 위해서는 건강이 가장 중요한 셈입니다. 건강을 위해 중요한 건 무엇일까요? 좋은 환경과 좋은 생활습관이 전부입니다. 환경과 습관이 훌륭하다면 건강과 나아가서는 행복의 조건을 충족하는 겁니다.

환경은 인위적으로 통제할 수 없습니다. 기후나 수질, 대기 질을 사람이 조절할 수는 없지요. 모두가 노력한다면 향상할 수는 있으나 개인의 힘으로는 불가능합니다. 개인이 할 수 있는 것은 고작 더 나은 환경을 찾는 것이지요. 여기에는 비용이 필요하므로 이것도 마음대로 할 수는 없습니다. 같은 조건이라면 더 나은 환경을 선택하는 것이 최선이지요.

우리가 할 수 있는 것은 자신의 훌륭한 생활습관을 만드는 것뿐입니다. 건강과 행복을 위해 실질적으로 개인이 할 수 있는 전부지요. 그대는 건강과 행복을 위해 할 수 있는 유일한 필수조건, 좋은 생활습관을 가지고 있나요?

습관은 누구에게나 있습니다. 그 습관이 건강이나 자신이 목표로 하는 성취를 위하여 도움이 되는가 하는 점만 차이가 있을 뿐입니다. 습관은 사소한 것입니다. 당장은 전혀 차이가 나지 않지요. 그러나 그 사소한 차이가 쌓이면 까마득한 차이로 바뀝니다. 세월의 무게지요. 결국, 인생의 성공 여부는 습관에 달린 셈입니다.

사람의 하루는 비슷합니다. 일어나서 먹고 일하고 쉬고 자는 것이지요. 크게는 유사하지만, 세부에서 습관이 관여합니다. 일찍 일어나는 사람은 아침에 서두를 필요가 없다는 데서 실수할 가능성이 작습니다. 급하면 사소한 것에 스트레스를 받기 쉽고, 스트레스나 실수는 그날의 기분을 좌우합니다. 일찍 일어나는 것은 좋은 습관입니다. 일찍 일어나기 위해서는 일찍 자는 습관이 덤으로 따라옵니다. 충분한 수면이 피로한 몸 회복에 최고 영약이라면 일찍 자고 일찍 일어나는 습관은 공짜로 최상의 영약을 복용하는 것과 같습니다.

인간의 몸은 유기질에 의해 유지됩니다. 물과 산소를 제외하면 다른 생명체에서 에너지를 얻습니다. 에너지를 얻기 위한 필수적인 행위, 음식을 섭취하는 건 중요합니다. 음식은 우리 몸에 필요한 영양소의 재료입니다. 맛있는 것보다 필요한 것을 먹어야 하지요.

인류의 역사는 모든 생명체와 마찬가지로 결핍의 역사이며, 정확히 먹거리 양이 인구를 결정하였습니다. 인력과 축력이 에너지 전부일 때는 생산량의 차이가 거의 없었습니다. 인구도 거의 변화가 없었지요. 산업혁명 이후 세상이 바뀌었습니다. 화석 연료의 사용과 기계화 자동화는 엄청난 생산성 향상을 가져왔습니다. 이제 굶어 죽는 사례는 해외토픽이나 나올 정도입니다. 먹을 것이 없어서가 아니라 너무 많이 먹어서 문제가 되는 시대입니다.

먹을 게 풍족한 건 행복한 일이지만, 선택의 번거로움이 있습니다. 유아는 입에 당기는 걸 먹지만 건강의 중요성을 아는 성인은 연구해야 합니다. 생명의 원리, 인체의 구성과 음식과의 상관관계를 이해해야 합니다. 막연히 골고루 먹으라면 실천하기 어렵지만, 반드시 섭취해야 할 당위성을 안다면 실천합니다. 의사 말에 따르는 이유지요.

언론에 보도되고 많은 책에서 강조하는 것처럼 인스턴트 가공식

품보다는 천연재료를 이용한 슬로푸드가 몸에 좋습니다. 특히 오메가3가 많은 것으로 알려진 등 푸른 생선과 들기름이 좋고, 토마토 마늘 적포도주 등 항암효과가 뛰어난 음식은 일부러라도 섭취해야 합니다.

먹는 것과 함께 건강에 중요한 것이 운동입니다. 동물은 먹기 위해서는 움직여야 합니다. 먹이활동을 위해 이동하는 생명체를 동물로 정의하였으니 당연한 일이지요. 동물은 별도 운동이 필요 없습니다. 일상이 운동이지요. 기계화 자동화가 이루어진 오늘날 인간이 움직일 필요성은 극적으로 낮아졌습니다. 더 큰 공간에서 활동하지만, 기계를 이용하므로 다리를 활용할 일은 적습니다. 인간도 동물이므로 왕성한 먹이활동을 하도록 진화하였으나, 종일 앉아서 일하므로 운동량이 절대 부족합니다. 성인병 대부분은 운동 부족에서 옵니다. 건강을 위해서는 먹는 것과 마찬가지로 운동은 일상이 되어야 합니다.

직업을 가진 사람이 할 수 있는 운동은 제한적입니다. 시간과 공간의 제약으로 스트레칭이나 걷는 정도가 최선일 것입니다. 주말을 이용하여 등산이나 수영을 습관화한다면 최고 운동 효과를 보겠지요.

건강과는 거리가 있지만, 성공적인 인생을 위하여 필요한 습관은 독서와 글쓰기와 사색입니다. 독서는 지식 습득, 글쓰기와 사색은 지식의 정리, 탐구, 터득, 반성하는 좋은 도구지요. 하루를 푹자고, 골고루 먹고, 운동 독서 글쓰기 사색에 많이 할애하였다면 좋은 습관을 습득한 것입니다.

게임이나 잡담, 오락도 삶의 중요한 요소지만 시간이 제한적인 인생에서 너무 많은 시간을 소비하게 한다는 점에서 좋은 습관이 아닙니다. 가끔 즐기는 수준이라면 바람직하지만, 중독성이 강하여 스스로 통제하기 어렵기에 버려야 할 습관이지요.

누구나 아는 좋은 습관이라도 습득하기 위해서는 기존의 습관을 없애야 하는 것이 어렵습니다. 그래도 누구나 한 번뿐인 인생을 건강하게 장수하면서 행복하게 보내기 위해서는 자신에게 맞는 최상의 습관을 만들어야 합니다. 혹시 좋지 않은 버릇이 있다면 좋은 습관으로 전환해야 합니다. 남이 부러워하는 성공적인 삶을 위해 해야 하는 단 하나는 좋은 습관을 갖는 것입니다.

2021. 3. 21.(일)

—

왜 자살하지 않는가

—

소설『이방인』의 저자 알베르 카뮈는 왜 자살하지 않느냐고 물으면서 인간에게 중대한 철학적 문제는 인생이 살 만한 가치가 있는가를 판단하는 것이라고 했다. 그냥 사는 게 아니라 삶의 의미를 파악하고 그 의미에 맞게 살아가라는 말이다. 그대는 삶에 의미가 있는가?

삶을 원해서 태어난 사람은 없다. 자신의 의지와는 무관하게 만들어지는 게 생명이다. 뿌리를 찾자면 부모에게 그 원인이 있지만, 부모라고 하여 원하는 자식을 만들 능력은 없다. 그저 우연히 탄생하는 것이 생명체다. 우연히 태어난 생명체가 특별한 의미가 있을 리 없다. 살기 위해서 다른 생명체를 포획하여 섭취하고 때가되면 다른 생명체의 생명을 연장하는 에너지원이 될 뿐이다.

식물을 제외한 모든 생명체는 자신의 삶을 위하여 다른 생명체를 에너지원으로 삼아야 한다. 인간이 다른 종과의 생존 경쟁에서 확실한 우위를 점하지 못했다면 삶의 의미 따위 하찮은 일을 고민하지 않았을 것이다. 다른 종의 긴박한 위협도 없고, 당장 굶주릴 가능성도 적을 때 인간은 철학 한다. 생존에 대한 걱정이 없을 때 살아야 하는 이유를 사유한다.

어떤 인생도 삶의 한 형태다. 그렇게 살아야 할 이유는 없다. 각자가 원하는 삶을 살 뿐이다. 다만 살아야 하는 이유와 삶의 목적이 확실할 때 동력이 쉽게 충전되며 활기찬 삶이 된다. 어떤 삶도 무의미하다고 단언할 수는 없으나 역사 속 위인이나 현자의 삶을 추구하는 것이 보통이다. 그 길은 쉽지 않다. 자칫 오르지 못할 나무를 바라보다가 좌절하여 무기력한 삶으로 전락할 수 있다.

교과서에 나온 사람을 좇는 것은 무의하다기보다 위험하다. 역사에 기록된 사람은 만에 하나 정도의 비율에도 못 미친다. 모두가 교과서에 실릴 수준으로 살 수는 없다.

삶의 의미를 파악하라는 건 타인이 보기에 위대한 삶을 살라는 말이 아니다. 자신이 원하는 일이나 자신의 재능을 충분히 발휘하는 자신에 맞는 삶을 창조하는가에 대한 질문이다.

자살하지 않는 이유는 부지기수다. 주로 사랑하는 사람의 존재일 것이다. 부모나 연인, 처자식은 살아야 할 확실한 동기를 부여한다. 특히 고단하거나 비참한 환경에 처했다면 스스로 역경을 극복해야 하는 강력한 존재 이유를 갖는다. 누구나 살아야 할 이유는 있다.

나에게도 살아야 할 이유는 여럿이다. 부모님이 살아계신 터에 자식이 먼저 죽는 것만큼 큰 불효도 없을 것이므로 살아야 하고, 아직 확실히 자리 잡지 못한 자식에게도 아버지의 역할이 필요할 것이며, 남편이 너무 일찍 떠나면 긴 시간 외롭게 지낼 가능성이 큰 아내를 위해서라도 살아야 한다. 그 외에도 나는 대한민국의 월드컵 축구 우승을 기대한다. 월드컵 우승 장면을 보기 위해서라도 살아야 한다. 그것도 자살하지 않는 하나의 이유이다.

2021. 3. 31.(수)

상처

노무현 전 대통령은 자서전『운명이다』에서 변호사로 일하던 젊은 시절 일화를 말하며 아프게 반성하였다.

개업한 지 얼마 되지 않았을 때 일이다. 사기 혐의로 남편이 구속된 아주머니에게 사건을 수임했다. 합의만 되면 변론도 필요 없는 사건이었다. 마침 사무실에 돈이 딱 떨어진 때라 합의를 종용하지도 않고 수임료 60만 원에 덜컥 사건을 맡고 얼른 접견을 다녀왔다. 다음날 합의를 본 의뢰인이 찾아와 수임 계약을 해지하겠다고 했다. 나는 변호사 수임 약정서를 보여주면서 이미 접견을 했기 때문에 수임료 반환을 청구할 수 없다고 말했다. 실랑이 끝에 발길을 돌리면서 그 아주머니가 말했다.

"변호사는 본래, 그렇게 먹고 삽니까?"

화살이 되어 가슴에 꽂힌 이 한마디는 수십 년 동안 내게 고통을 주었다. 지금도 귀에 들리는 것 같다. 나는 용서를 구하고 싶었지만, 그럴 기회를 얻지 못했다.

『운명이다』, 노무현재단 엮음, 유시민 정리, 돌베개

노무현 대통령이 아픈 상처에 괴로워하는 모습을 보며 나를 돌아본다. 많은 실수가 있었지만, 내 의도가 반영된 잘못도 여럿이었다. 초등학교 시절 여학생 고무줄놀이 때 칼로 끊어 방해했던 일, 말이나 주먹으로 도전하는 친구를 용서하지 않고 응징했던 일, 방과 후에 길가 채소밭에서 무를 뽑아 먹거나 과일을 따 먹었던 많은 사례가 죄의식 없이 행했던 내 잘못이었다. 무를 뽑아 먹고 과일을 따 먹은 일은 현재 사고로는 분명 잘못이지만, 당시에는 절도라기보다는 서리라고 묵인하는 보편적인 행동이었으므로 그다지 아픈 상처는 아니다.

아픈 상처가 있다. 초등학교 사오 학년 때 일이다. 운동회에서 장애물달리기를 하는데 출발이 늦었다. 순간 일등을 놓칠 수 있다는 생각에 장애물인 사다리를 통과하지 않고 내달렸다. 이등을 한 김○○이 결승점에 있던 선생님께 항의하였지만, 계속 이어지는 경기에 바빠서였는지, 내가 그럴 리가 없다고 믿어서였는지 내게 묻지도 않고 무시하였다. 사실 나는 그때 후회하고 있었다. 선생님의 질문에 어떤 대답을 해야 할지 두려움에 떨고 있었다. 사실대로 말하면 내 위선과 비겁이 드러날 것이고, 거짓말한다면 양심을 속이게 될 터였다. 다행히 선생님이 사실 여부를 묻지 않아 순간적인 위기는 넘겼으나 나는 그 순간을 잊지 못한다. 지금까지 누구에게도 발설한 적이 없으나 나에게는 지울 수 없는 아픈 상처다.

공부 일등을 위하여 커닝한 적도 있다. 초등학교와 중학교 때 몇 차례 있었는데 커닝은 쉬운 일이 아니다. 내가 성적이 하위권이었다면 주변 사람 답안지를 훔쳐보면 간단하다. 그러나 항상 수위를 다투었던 나에게 그런 방식은 무의미하였다. 커닝을 시도하는 경우는 딱 한 가지였다. 밤새워 공부한 결과 틀림없이 나올 것 같은데 외워지지 않는 답안이었다. 객관식이라면 충분히 선별할 수 있으나 주관식이어서 암기해야 했지만, 기억력이 뛰어나지 않은 나는 비겁한 수단에 의지했다. 손바닥에 깨알같이 적거나, 머리글자만 태·정·태·세·문·단·세 식으로 적었다. 실제로 문제로 나와 정답을 적을 수 있을 때가 적지 않았다. 발각되지 않았기에 망정이지 커닝은 위험한 도박이다. 만약 적발되었다면 그때까지 거두었던 성적마저 의심받았을 터였다.

장애물달리기 반칙이나 커닝은 누구도 모르는 완전 범죄였다. 제재를 받지도 비난을 받은 적도 없다. 그러나 나에게는 말할 수 없는 괴로움, 아픈 상처였다. 지금이라도 당시 본인도 모르게 피해 입었던 친구에게 사과하고 싶다.

"미안하네, 순간적인 욕심으로 일등의 영광과 상품인 노트를 강탈해서. 지금은 세상에 없는 공부 잘하던 친구 성○○와 시집가서 잘살고 있을 지○○에게도 미안하다. 한 문제로 성적 순위가 바뀌었을지는 모르지만, 어쨌든 바르지 못한 마음으로 영광을 누리려던 걸 반성하고 진심으로 사과하네. 감히 용서를 바라오."

양심을 거스르는 행위는 엄격히 통제해야 한다. 타인에게 발각되면 당장 곤란해질 것이며, 요행히 무사히 넘어가도 자신의 마음속 주홍글씨는 영원히 지울 수 없다. 타인이나 있을 성싶지 않은 신보

다 두려운 건 자신이다. 아무리 감추려 해도 더 아프게 되살아나
는 주홍글씨, 육신이 살아있는 한, 양심이 살아있는 한 영원히 벗
을 수 없는 굴레다.

2021. 4. 9.(금)

—

천명(天命)

—

　공자는 나이 쉰에 지천명(知天命)을 말하였다. 공자가 쉰이 되어 비로소 알게 되었다는 천명은 무엇인가? 우주의 작동원리나 자연의 변화 법칙인가, 자신의 존재 이유인가, 살아서 해야 할 임무인가? 공자는 천명을 알았다는 말만 했지 그것이 구체적으로 어떤 것이라고 명시하지는 않았다.

　공자의 천명은 알 수 없다. 공자의 천명은 알 수 없지만, 그의 주의 주장으로 짐작할 수는 있다. 공자는 그의 저서 『춘추』에서 은나라가 망하고 주나라가 들어선 것을 천명이라 했다. 천명이 인력으로 어찌하지 못하고 하늘의 명에 따르는 것이라면, 백성을 억압하고 착취했던 정권은 망해야 한다는 좋은 뜻으로 해석할 수도 있으나, 주나라 통치자도 별반 다를 게 없었다는 데서 강자나 가진 자의 정통성을 세워준 말이라고 볼 수 있다. 공자의 천명은 질서 유지를 이유로 신분제나 계급제를 옹호한 기득권을 위한 논리였다.

나의 천명은 무엇인가? 쉰이 지난 지 오래고 예순을 바라보나 천명의 의미를 알지 못한다. 거창하게는 내 존재 이유고, 미소(微少)하게는 살아서 꼭 해야 할 일이겠으나 그 어떤 것에도 당위성을 찾지 못했다. 내가 반드시 존재해야 하는 이유도, 반드시 해야 하는 일도 없다.

젊어서는 헛된 상상을 할 수 있다. 좋은 말로는 야망이고 나쁜 말로는 망상이다. 자신의 꿈은 야망이요 타인의 희망은 망상이라고 하기가 쉽지만, 자신이든 타인이든 결과적으로 이루지 못한다면 망상으로 평가되는 건 마찬가지다. 아주 드물게 성공한 역사나 영화 속 주인공의 꿈은 야망이 된다. 야망과 망상의 차이는 그 내용이 아니라 달성했느냐에 따라 달라진다.

젊어서의 야망은 위대한 대한민국 건설이었다. 경제 문화적으로 우뚝 서고, 인류가 주목하며 살고 싶어 하는 나라, 마음으로 흠모하고 따르는 나라를 만들고 싶었다. 한갓 망상에 불과하였으나 그 생각이 잘못된 게 아니라 너무 오랫동안 꿈속에서 헤맨 게 문제라면 문제였다. 능력과 무관한 꿈은 잘못된 목표 설정에 방향 착오를 발생하여 최대한의 성과를 거둘 수 없다. 야망은 끝까지 고수해야 하지만, 망상은 일찍 버릴수록 좋다. 물론 그 차이를 알 수는 없다.

거창한 망상을 이미 버렸다면 살아서 할 미소한 일을 찾아야 한다. 반드시 해야 할 일 따위는 없으므로 즐겁고 행복한 일을 해야 한다. 국가나 사회에 큰 도움이 될 일을 한다면 보람과 기쁨이 가장 클 것이나, 찾기도 어렵고 하기도 어렵다.

결과적으로 성취할 수 있는 게 야망이고 이룰 수 없는 게 망상이라면, 남은 기간을 고려하더라도 할 일은 망상보다는 야망이어야 한다. 최소한의 사람, 가족과 주변 사람, 일일생활권에 있는 사람에게 도움이 되거나, 모범이 되어야 한다. 어쨌든 손가락질받을 말과 글과 행동을 해서도 남겨서도 안 된다.

상대의 말이 끝나기도 전에 입이 근질거리고, 인터넷 기사를 다 읽기도 전에 키보드에 손가락이 올라가지만 억제해야 한다. 역사에 설화나 필화로 비명에 간 사람이 얼마나 많은가? 비단 설화나 필화를 걱정하지 않더라도 내가 한 사고와 말과 글과 행동이 내 정체성을 결정한다. 내가 한 좋지 않은 상상과 말과 행위의 결과는 바로 내가 된다.

나는 천명을 알지 못하지만 거창(巨創)한 것보다는 미소(微少)한 걸 실천해야 한다. 지나고 되돌아보면 부질없이 화려하고 찬란한 한순간을 위하여 귀중한 삶을 허비할 수는 없다. 확실하더라도 두드려보고, 안전한 돌다리라는 걸 확인하였더라도 더 안전한 대로로 우회해야 한다.

천명이 특별한 게 있겠는가? 인간으로 태어났으니 훌륭한 인간이 천명 아니겠는가? 아는 사람에게 착하고 인자한 사람으로 기억되는 사람이 훌륭한 사람이 아니겠는가? 내가 모르는 사람에게 알려지려고 안달하지 않고, 그저 지금 아는 주변 사람에게 성심성의껏 사는 것, 그것이 나의 천명이다.

2021. 4. 12.(월)

천생연분

궁핍하고 정에 굶주렸던 젊은 시절 빨리 결혼하려고 무던히도 노력했다. 누구의 도움도 기대할 수 없어 정신적으로 외로웠나 보다. 타고난 몽상가답게 이성에 대한 환상을 품고 있었기에 어디에도 마음에 드는 여성은 없었다.

마음에 드는 여성이 춘추시대 오왕 부차가 거느렸던 서시나 삼국지에 나오는 여포의 초선, 당 현종의 양귀비 수준이었으니 이 세상에 소설 속의 여인이 있을 리도 없으려니와 그 같은 절세미녀가 내게 다가올 리도 없었다. 몸은 개천에서 뒹굴어도 마음만은 용상에서 놀았던 나다.

오죽하면 당시 가장 인기 있던 황신혜나 최진실도 외모에서 마음에 들지 않았겠는가? 별로 내색하지 않았지만, 우연히 내 생각을 알게 된 주변 사람은 코웃음을 치게 마련이었다. 모든 면에서 꿈속에서 헤맸지만, 배우자에 대한 엉뚱한 환상으로 아름다운 청춘은

속절없이 흘러갔다.

 나이 서른이 다가오자 배우자가 없어 외로운 것보다 당시 군인은 일찍 결혼하는 추세여서 같이 놀 친구가 없었다. 총각 때 주말을 함께 보내던 친구 대부분 이런저런 가족과의 약속으로 만나기가 어려웠다. 결혼해야 할 이유 한 가지가 추가된 셈이다. 부랴부랴 결혼을 서둘러 마침내 그렇게 꿈꾸던 결혼을 서른에야 하게 되었다. 꿈속에서 상상하던 절세미녀는 아니었으나 아내는 미소가 매력적이었다.

 늦게 결혼한 탓에 젊어서 외로웠던 단점은 있었으나 아내는 나에게 행운이었다. 현실을 무시하고 이상을 꿈꾸는 나에게는 20년 30년 후가 아니라 당면과제를 해결해야 하였다. 가난한 부모 형제 사이에서 발생하는 문제는 한둘이 아니었다. 가정사에 깊이 관여하지 않던 나이기에 모든 일은 고스란히 아내에게 넘어갔다.

 아내는 기본적으로 영리하다. 상상하는 데는 어려움이 있을지 모르지만 주어진 현실은 어렵지 않게 타개했다. 애 셋을 키우면서도 부모 형제 사이에 발생하는 난제를 무난히 수습했다. 집안일에 전혀 신경 쓰지 않고 부대 일에 전념할 수 있었던 건 전적으로 아내 덕이다.

 위기도 있었다. 치매와 뇌졸중으로 거동이 불편한 부모님을 모시는 시기가 하필 아이들 중고등학교 시절이었고, 대령 진급에 낙마한 나는 혼자서 타지를 전전하였다. 원래 도움이 되지 않던 남편이었으나, 부모 병시중에 아이들 진학 뒷바라지에 아내는 녹초

가 되었다. 속된 말로 위대한 어머니의 힘으로 견디었을 뿐이다.

다행히 아내의 헌신적인 조력 덕분이었는지 아이들은 모두 원하는 대학에 진학하였다. 병세가 심해진 부모님은 요양병원에 입원하였다. 나이 쉰이 되어서야 비로소 아내에게 여유가 생겼다. 현역 제대를 앞둔 나도 시간에 여유가 있었으므로 함께 산행을 즐길 수 있었다. 은퇴 후 전원생활을 꿈꾸며 행복을 만끽하던 짧은 시간이었다.

퇴직금으로 전원주택 마련이 어려워 사천에 아파트를 장만하여 정착하자 대학교에 가면 영영 떨어져 살 것으로 알았던 아이들이 하나둘 돌아왔다. 졸업과 동시에 취업이 어려워 준비 기간이 필요한 것이다. 둘만의 오붓한 시간은 사라졌지만, 나는 아이들 성장을 제대로 지켜보지 못했으므로 함께 사는 것이 서로를 이해할수 있어 좋았다. 아내에게는 새로운 시집살이였다. 나는 아내와 식성이 비슷하여 반찬 투정이 거의 없는 편이나 아이들은 우리와 식성이 달랐다. 매 끼니 반찬에 고민해야 했다. 빨래 등 집안일도 늘었다.

나는 바쁘다. 아침부터 잘 때까지 읽고 쓰고 걷는다. 프리랜서 작가로서 시간을 자유롭게 쓴다는 것뿐 일하는 시간은 출근 때와 대동소이하다. 시간에 자유로운 게 어디인가? 진정 시간에서 완전히 자유로운 자가 얼마나 되겠는가? 나는 날씨가 좋은 날을 골라 일주일에 두세 차례 아내와 산행을 한다. 운전은 아내가 하므로 정상주도 한잔할 수 있다. 작가로서 바라는 수입을 올리지 못하는 것 외에는 원하는 걸 모두 하면서 사는 셈이다.

결혼 전에 내가 원하던 것을 모두 하리라는 기대는 하지 못했었다. 내 능력으로 모든 걸 이룰 자신은 있었지만(그것이 비록 망상이었을망정), 결혼생활이 혼자 노력으로 잘 살 수 있는 게 아니지 않은가? 독립된 영혼을 가진 인간인 이상 생각이 완전히 같을 수는 없으나, 아내와 나는 종교(둘 다 종교가 없다)와 취미와 식성이 같다. 유일하게 다른 것은 주로 상상 속을 거니는 나에 비하여 아내는 항상 현실에 머문다는 점이다. 그것은 단점이라기보다는 오히려 장점이다. 둘이 함께 서로 다른 꿈속을 헤매 보라. 집안 꼴이 말이 되겠는가?

내 의도와 의지만으로 살아갈 수 없는 세상에서 큰 이견 없이 아내와 함께 사는 것이 행복하다. 프리랜서 작가라는 게 별도 사무실이 없는 이상 24시간 아내와 같은 공간에서 살아야 한다. 서로 신경 쓰이고 불편하다면 어떻게 살겠는가?

아내는 여전히 바쁘다. 웬일인지 인생에서 어떤 문제를 해결하면 새로운 난제가 대두하듯 아내의 집안일은 끝이 없다. 그래서 늘 피곤하다. 그래도 아내는 누구 탓도 하지 않고 묵묵히 해결한다. 아이들 상담과 남편 보조도 완벽하다.

완전히 다른 신체와 약간 다른 생각을 하면서도 인생의 목표와 방향과 속도를 맞출 수 있는 아내와 나는 천생연분이다. 아무리 많은 사람 중 고르라고 해도 이보다 나을 수 있겠는가? 행복을 길게 가져가기 위해서는 함께 건강한 것이 중요하다. 누군가 한 명이

앓아서 눕기라도 하는 순간 천국은 지옥으로 바뀔 것이다. 건강을
지키기 위하여 오늘도 고흥 천등산으로 향한다.

2021. 4. 21.(수)

—

정상과 비정상

—

정상과 비정상의 차이는 무엇인가? 사람의 평가 기준은 자기 자신이다. 대부분 자신은 정상인 사람이라고 생각한다. 정상과 비정상을 구분하는 기준은 무엇일까? 놀랍게도 그러한 기준은 없다. 모두 자신을 기준으로 타인과 세상을 바라보고 평가할 뿐이다.

독거노인, 홀아비, 과부, 고아만 산다면 비정상 가정이라는 건 불문가지다. 누구라도 정상 가정이 아니라는 걸 알 수 있다. 그렇다면 조부모는 있으나 부모가 없는 사람은? 부모 중 한 명이 없거나 조부모가 없는 사람은? 부모도 자식도 있으나 남편이나 아내가 없는 가정은 정상인가, 비정상인가? 우리가 흔히 정상, 비정상이라고 평가하지만 그건 사실이라기보다는 지극히 주관적인 개인의 견해일 뿐이다. 조부모와 부모가 모두 있어야 정상이라면, 아들딸이 있어야 정상이라면, 부모가 이혼한 가정이나 재혼한 가정은 비정상인가? 그런 식으로 따진다면 세상에 정상 가정이 얼마나 존재할까?

사람은 모두 독특하다. 아니, 사람뿐만 아니라 존재하는 모든 사물이 독특하다. 사람이 유심히 관찰하지 않았거나 이해 관계가 없어 구분하지 않을 뿐이다. 타인을 의아한 눈초리로 바라보는 사람이 대부분이다. 사람은 타인을 이해하기 어렵다. 자기 기준에서는 하지 않아도 되는, 하지 말아야 하거나 해서는 안 되는 일도 태연히 하기 때문이다.

매일 뉴스의 주요기사가 되는 비리 정치인이나 사악한 기업주, 인신매매범, 성폭력·성추행자, 학교 폭력 주범, 아동학대자, 근친살해범만 해당하는 게 아니다.

비바람과 심지어 천둥 번개가 치는데도 골프하는 사람, 30도가 넘는 혹서에도 땡볕에서 낚시를 즐기는 사람, 영하 30도가 넘는데도 상고대를 본다며 산에 오르는 사람, 가산 탕진하며 당선 가능성 없는 국회의원에 도전하는 사람, 프리미어리그에서 뛰는 손흥민의 골 장면을 본다고 밤새워 TV 시청하는 사람, 커제와 신진식이 하는 바둑 본다고 다섯 시간 열 시간 집중하는 사람, 종일 책 읽으며 팔리지 않는 책 낸다고 글 쓰는 나 같은 사람은 누가 보더라도 제정신이 아니다. 그러나 그런 사람을 제외하면 누가 정상이란 말인가?

우리나라 역대 대통령 중 말로가 편안하거나 국민의 존경을 한 몸에 받는 사람은 드물다. 과거에 그랬다면 미래에도 그럴 확률이 높다. 그래도 대통령을 원하는 사람은 줄을 섰다. 그들은 모두 정

상인가? 미래 국민에게 받을 손가락질을 감수하고 대통령 당선을
위해 이전투구하는 사람이 과연 정상인가? 각자의 시각으로는 다
른 대부분 사람을 이해할 수도 없고, 정상이 아니다. 그렇다면 존
재하는 모든 사람이 비정상인가? 각자의 기준으로는 그렇다.

우리는 타자를 자신의 기준으로 들여다보고 평가하는 우를 범
해서는 안 된다. 자신의 기준이 아닌 사회적 또는 법적 기준으로
사물을 응시해야 한다. 앞을 보지 못하는 사람이 장애인이라면,
앞을 어슴푸레 볼 수 있는 사람은 정상인가? 어설프게 볼 수 있으
나 사회생활에 불편한 사람은? 사실상 장애인의 기준은 없다. 두
다리의 길이가 정확히 같은 사람은 없다고 한다. 자세히 보면 조금
씩 저는 걸 알 수 있다. 저는 걸 구분하는 사람은 장애인이라고 할
것이고, 구분하지 못하는 사람은 정상이라고 판단한다. 세상에 정
상과 비정상은 실제로 존재하지 않는 셈이다.

극우가 볼 때는 극좌가 미친 것이요, 극좌가 보기에는 극우는
제정신이 아니다. 일체유심조다. 실제나 허구가 아니라 자기 마음
의 작용이다. 실제로 같은 사람이 불쌍해 보일 때도 있고 천박해
보이기도 한다. 대상은 변함이 없지만 자기 심리상태에 따라 달리
보인다.

타인을 비난해서는 안 된다. 함부로 평가해서도 안 된다. 그건
사실이라기보다는 자신의 심리상태에 따라 매 순간 바뀌는 견해일
뿐이다. 우리는 감정의 동요 없이 사물을 관조해야 한다. 편견과
고정관념을 버릴 때 비교적 제대로 보고 판단할 수 있다. 타인의

차이를 비정상이 아닌 정상으로 인정할 때 서로 협력하고 조화를 이룰 수 있다. 스스로 행복하려면, 타인과 불협화음 없이 평화로운 세계를 이루고 살아가려면 색안경을 벗어야 한다. 모든 이가 정상으로 보일 때 진정한 깨달음, 붓다의 마음이 된다.

2021. 5. 23.(일)

—

당랑거철

—

당랑거철(螳螂拒轍)은 '사마귀가 수레바퀴를 막는다'라는 뜻으로, 자기(自己)의 힘은 헤아리지 않고 강자(強者)에게 함부로 덤비는 무모한 사람을 비유하여 이르는 말이다. 「회남자(淮南子)」에는 다음과 같은 이야기가 나온다.

춘추시대 제나라(齊)의 장공(莊公)이 어느 날 사냥을 하는데, 사마귀 한 마리가 다리를 들고 수레바퀴로 달려들었다. 그 광경을 본 장공(莊公)이 부하(部下)에게 "용감(勇敢)한 벌레로구나. 저놈의 이름이 무엇이냐?" "예. 저것은 사마귀라는 벌레인데 저 벌레는 앞으로 나아갈 줄만 알고 물러설 줄 모르며 제힘은 생각지 않고 한결같이 적에 대항(對抗)하는 놈입니다." 장공(莊公)이 이 말을 듣고 "이 벌레가 만약 사람이었다면 반드시 천하(天下)에 비길 데 없는 용사였을 것이다." 하고는 그 용기(勇氣)에 감탄(感歎·感嘆)하여 수레를 돌려 사마귀를 피해서 가게 했다.

디지털 한자 사전 e-한자에서 인용

제나라 장공이 만난 사마귀는 운이 좋아 수레바퀴에 대항하는 만용에도 살아남았지만, 인간 현실에서는 그렇지 않다. 자기 능력에 맞는 일을 찾아 최선을 다할 때 겨우 살아남는다. 문제는 자신의 능력을 정확히 알 수 없다는 데 있다. 그래서 다수 자기계발서에는 원대한 꿈을 가지라느니 진정으로 하고 싶은 일 하라는 말을 앞세운다. 그 말에는 약간의 진실과 대부분 거짓이 섞여 있다. 약간의 진실은 원대한 꿈이나 하고 싶은 일에서 희박하게나마 성공할 확률이 있는 것이고, 대부분 거짓은 그런 식으로 살다가는 쪽박 차기 딱 알맞다는 것이다.

어느 나라 어느 분야에도 전문가는 있다. 새로운 일을 하는 것은 일종의 도전이다. 기존에 자리하고 있는 사람을 밀어내야 하는 제로섬 게임일 때가 많다. 어렵게 자리 잡고 힘겹게 살아가는 사람이 대부분인 세상에서 쉽게 물러날 사람이 있겠는가? 자신의 삶을 순순히 마감하려 하겠는가? 있을 수 없는 일이다. 그렇다고 하여 하늘을 우러러 한탄만 하고 있을 수는 없는 일이다. 무언가를 시도해야 한다. 무엇이든 그 일은 일생일대의 도전이다. 타인의 눈에는 당랑거철로 보일지도 모를 일이다.

작가는 글을 쓰는 걸 업으로 한다. 세상 대부분 사람은 글을 쓴다. 주로 상관이나 거래처의 요구에 의한 보고서 형식이다. 감동하는 글을 쓰지 않아도 먹고 사는 데에는 큰 지장이 없다. 작가는 다르다. 딱히 요구하지 않는 글을 쓰기에 누군가 대가를 지불(支拂)하지 않는다. 누군가가 자발적으로 책을 살 때 비로소 소득이 발생한다. 먹고 살기 바쁘고, 할 일이 태산인 세상에 책 읽을 시간은 없다. 독자가 읽고 감동해야 팔리는 책을 내기 위해서 글을 쓴다는 건 어쩌면 당랑거철과 같은 무모한 일일지도 모른다.

작가로 소득을 올리기 어렵다는 건 익히 아는 일이다. 예술가의 남루한 삶도 충분히 짐작한다. 누군가의 요구가 아니라 스스로 하고 싶은 일로 소득을 올린다는 건 대단한 일이다. 누구나 꿈꾸는 환상적인 직업이다. 그것이 가능하다면 많은 예술가로 세상이 북적일 것이다. 꿈은 꿈으로 끝나는 게 현실이다. 그러기에 평생을 직장 다니면서 은퇴 후 낭만적인 전원생활을 꿈꾸지만 실천하는 사람은 일 퍼센트 미만이다.

매일 글을 쓰면서도 마음은 천당과 지옥을 오락가락한다. 긍정적인 생각을 할 때는 구름 위에서 노닐다가도 현실을 접하는 순간 나락으로 떨어진다.

직장에 나가는 사람이 정신적 육체적으로 속박받고, 원증회고 (怨憎會苦)에 괴로워하며, 하고 싶은 일할 시간이 없어 고통스럽지만, 대가로 봉급을 받는다. 자유를 잃은 대가로 가족의 삶을 보장한다.

자유는 좋다. 구속이 없고, 시간이 충분하여 원하는 일 한다. 대가가 없는 게 문제다. 모든 게 자유로우나 금전 사용이 자유롭지 않다. 대가 없는 일 한다는 데서 정신적인 고통도 따른다. 자본주의 사회에서 대가 없는 자유는 가식일지도 모른다.

그래도 글을 써야 하는 이유는 있다. 직업을 프리랜서 작가라고 주장하고, 살아 하고 싶은 일이기에 그렇기도 하지만, 이제까지 살면서 한 주장을 실천하기 위해서다. 남처럼 타인의 잘못에 대하여 많은 비판을 하며 살았다. 어떤 때는 비난을 넘어서는 악담을 한 적도 있다. 부하, 후배, 자식에게 살아가는 방식과 해서는 안 될 일을 강조한 사람이 스스로 한 말을 어길 수는 없다. 괴로워도 하고 싶은 일 하는 게 바른 삶이라고 하였기에 글을 쓸 수밖에 없다.

희망하는 바는 아주 적게라도 소득이 생기는 것이다. 그러나 소득이 없더라도 생계에 지장이 오지 않는 이상 글쓰기를 멈출 마음은 없다. 자주는 하지 못하겠으나 일 년에 한 번쯤 책을 내 지인에게 선물할 것이다. 사보고 싶은 마음은 없더라도 공짜라면 한 번쯤 읽을 수 있으리라. 우리나라 사람이 책을 적게 읽는 게 문제라는데 나로 인하여 일 년에 한 권이라도 책을 읽게 된다면 다행한 일 아닌가? 지인의 소중한 시간을 낭비하지 않게 하기 위해서라도 글쓰기에 심혈을 다하여야 한다.

혹시 아는가? 제나라 장공의 수레바퀴에 대항한 사마귀 같은 행운이 내게 와 어떤 출판사에서 출판하겠다는 제의가 올지를. 평생 망상 속에 살아온 나는 오늘도 당랑거철의 고사를 꿈꾼다.

2021. 5. 30.(일)

◊ 정치인에 대하여

많은 비난에도 꿋꿋하게 자리를 지킬 뿐만 아니라 다음 선거에서도 당선을 노리는 정치인에게 경의를 표합니다. 보이지 않는 곳에서 국가와 사회를 위해 헌신·노력하는 충정을 몰라 주고, 아주 사소한 잘못을 빌미로 견디기 힘든 수모를 안기는 지역구민이나 국민이 야속할 것입니다. 우매한 대중의 속성으로 치부하고 넘길지도 모르겠습니다.

사실 대중은 우매합니다. 지식도 전문가에 비교하면 부족하고 관심도 적으며 깊이 탐구하지도 않지요. 아마 학력이나 지식수준뿐만 아니라 재산, 신체적 능력, 연구할 시간 등 거의 모든 분야에서 정치인에 비교하면 부족할 것입니다. 그러니 정치인을 욕하면서도 직접 하겠다고 나서지 못하겠지요.

　그렇더라도 정치인 여러분에게 정중하게 부탁드립니다. 국민은 정치인을 신뢰하지도 않고 큰 기대도 하지 않습니다. 오랜 시간 관찰한 결과 일반인과 별반 다를 게 없다는 걸 알고 있습니다. 정치인도 먹고살 재산이 필요하고, 자녀를 양육해야 하며, 군에 보낼 자식이 있다는 걸 알고 있습니다. 그러니 보통 사람이 하는 부동산 투기나 입시 비리나 병역 혜택에 연루될 수 있겠지요. 충분히 가능하다는 걸 이해합니다.

　심정으로는 일반인과 마찬가지라도 보통 사람도 타인의 눈치를 보는 행위라면 자제해야 합니다. 지도자의 위치에 있는 사람이 불법을 자행하고 양심을 속이면서 국민을 계도(啓導)한다는 건 있을 수 없는 일입니다. 모범을 보이지는 못하더라도 지탄(指彈) 받을 행위만은 스스로 엄격히 통제해야 합니다.

　국가와 사회를 위해 더 큰 봉사한다는 말로 퉁 쳐서는 안 됩니다. 대통령이나 국회의원이 그렇게 심한 욕을 먹고, 말로가 비참한 경우가 다반사인데도 하려는 사람이 줄을 서는 것을 보면, 국가에 대한 헌신이나 희생보다 부나 명예나 권력이라는 더 큰 이익을 목적으로 하는 것 같습니다. 봉사를 위한 것이라면 그렇게 모멸적인 진흙탕 싸움을 감수할까요?

　국민 여러분에게 제안합니다. 웬만하면 정치인을 욕하지 마십시오. 특히 자신이 선택한 정치인이라면 더 그렇습니다. 자신이 선택한 정치인이 잘못한다면 오히려 얼마간 책임감을 느껴야 하지 않을까요? 남이 욕한다고 함부로 맞장구칠 일이 아닙니다. 그럴 줄

몰랐다는 말로 변명이 되지 않습니다. 모를 수도 있지만 몰랐다는 것이 자랑할 일은 아니잖습니까?

정치인도 일반인과 마찬가지인 사람이니 사소한 실수나 비리는 있을 수 있습니다. 지나친 부정부패에 분노하였다면 다음 선거에서 지지를 철회하는 방식으로 응징해야 합니다. 사람은 마음에 들지 않더라도 당을 보고 다시 선택한다면, 그 정치인을 욕할 자격이 없는 겁니다. 사람은 보지 않고 당만 보고 선출해 놓고 사람 잘못을 논한다는 게 우습지 않습니까?

국가의 경제성장이나 문화의 발전 속도보다 정치 수준이 떨어진다고 하여 정치인을 욕할 필요는 없습니다. 그 나라의 정치는 정확하게 국민의 수준을 대변한다고 합니다. 정치인만 탓할 게 아니라는 말이지요.

저는 개인적으로 정치인을 욕하는 경우가 드뭅니다. 큰 기대를 하지 않기에 실망이나 분노도 적지요. 그게 정신 건강에 좋습니다. 다만 잘못한 선택에는 반성과 성찰이 필요합니다. 정치인의 잘못은 그 개인뿐만 아니라 국가와 사회에 막대한 영향을 끼칩니다. 좋지 않은 영향을 끼친 정치인을 선택하였다면 잘못을 통감해야 하지요.

혈연이나 지연이나 학연이나 감정에 치우쳐 투표하면 안 됩니다. 무관심이 정치의 적이라지만 잘못된 선택보다는 오히려 침묵이 나을 수도 있습니다. 자신이 선택한 정치인에 대하여 친구나 동료가 아닌 자식이나 후배에게 자신 있게 설명할 수 없다면, 그 설명이 논리적으로 타당하지 않다면, 훌륭한 선택이 아닙니다. 그 어떤 논리도 자식이 가길 바라지 않는 길이라면 타당하지 않습니다.

격렬한 투쟁과 대립 속에서도 대한민국의 민주주의는 끊임없이 발전하고 있습니다. 어떤 형태로든 더 나아지겠지만, 개인적인 바람은 스스로 남 보기에 떳떳할 자신이 없는 사람은 정치인의 길을 걷지 않았으면 합니다. 정치하지 않아도 부와 명예를 누리며 살길은 다양합니다. 정치 외에는 배운 것도 아는 것도 없어 전혀 할 수 있는 게 없다면 어쩔 수 없겠지만(이런 사람이 문제입니다. 정치 외에는 어떤 일도 할 수 없는 무능력자, 정치꾼 말입니다), 엄청난 비난을 감수하면서까지 굳이 할 필요가 있을까요?

정치인이 존경받는 대한민국을 기대합니다. 국민소득이나 스포츠 순위로 상승하는 국위 선양보다 정치인의 청렴결백과 찬란한 문화예술과 국민 시민의식을 부러워하는 나라가 되기를 소망합니다. 이런 제 기대와 소망이 모든 국민이 원하는 것이었으면 하는 바람입니다. 독자 여러분의 건강하고 행복한 삶을 응원합니다.

2021. 10.

조자룡